杨武能译
德语文学经典

阴谋与爱情

〔德〕席勒 著
杨武能 译

商务印书馆
创于1897　The Commercial Press

根据 Emil Vollmer Verlag

Schiller Werke 译出

序一

《杨武能译德语文学经典》序

王 蒙

熟知杨武能的同行专家称誉他为学者、作家、翻译家"三位一体",眼前这二十多卷《杨武能译德语文学经典》收德语文学经典翻译,足以成为这一评价实实在在的证明。身为大学教授和博士生导师的杨武能,尽管他本人早就主张翻译家同时应该是学者和作家,并且身体力行,长期以来确实是研究、创作和翻译相得益彰,却仍然首先自视为一名文学翻译工作者,感到自豪的也主要是他的译作数十年来一直受到读者的喜爱和出版界的重视。搞文学工作的人一生能出版皇皇二十多卷的著作已属不多,翻译家能出二十多卷的个人文集在中国更是破天荒的事。首先就因为这件事意义非凡,我几经考虑权衡,同意替这套翻译家的文集作序。

至于杨教授为数众多的译著何以长久而广泛地受到喜爱和重视,专家和读者多有评说,无须我再发议论了。我只想讲自己也曾经做过些翻译,深知译事之难之苦,因此对翻译家始终心怀同情和敬意。

还得说说我与杨教授个人之间的交往或者讲情缘,它是我写这篇序的又一个原因,实际上还是更直接和具体的原因。

前排左一为中国作家协会副主席冯牧，左五为中宣部副部长周扬，左七为对外文委主任林林；二排左三为王蒙，左五为德国大诗人恩岑斯贝格；三排左二为杨武能

陪德国作家游览十三陵

1980年，我奉中国作家协会指派，全程陪同一个德国作家访问团，其时还在中国社会科学院跟冯至先生念研究生的杨武能正好被借调来当翻译。可能这是访问我国的第一个联邦德国作家代表团吧，所以受到了格外的重视。周扬、夏衍、巴金、曹禺等先后出面接待，我和当时的小杨则陪着一帮德国作家访问、交流、观光，从北京到上海，从上海到杭州；到了杭州，记得是下榻在毛主席住过的几乎与世隔绝的花家山宾馆里。

　　一路上，中德两国作家的交流内容广泛、深入，小杨翻译则不只称职，而且可以说出色，给德国作家和我们留下了深刻印象。我和他当时都还年轻，十多天下来接触和交谈不少，彼此便有所了解。后来尽管难得见面，却通过几次信，偶尔还互赠著作，也就是仍然彼此关注，始终未断联系。比如我就注意到他一度担任四川外语学院的副院长，在任期间发起和主持了我国外语

2018年，中国现代文学馆马识途百岁书法展，老哥儿俩最近的一次喜相逢

界的第一次大型国际学术研讨会；知道他因为对中德文化交流贡献卓著，获得过德国国家功勋奖章和歌德金质奖章等奖励；知道他前些年在广西师范大学出版社出版《杨武能译文集》，成为我国健在的翻译家出版十卷以上大型个人译文集的第一人，如此等等。不妨讲，我有幸见证了杨武能从一名研究生和小字辈成长为著名译家、学者、教授和博导的漫长过程。

　　杨教授说，像我这么对他知根知底且尚能提笔为文的"前辈"，可惜已经不多，所以一定要把为文集写序的重任托付给我。我呢，勉为其难，却不能负其所托，为了那数十年前我们还算年轻的时候结下的珍贵情谊！

序二

文学经典翻译与翻译文学经典

许　钧[*]

近读乔治·斯坦纳的《巴别塔之后——语言与翻译面面观》，书中有这么一段话："为了接近古人，得到精确的回响，每一代人都会出于这种强烈的冲动重译经典，所以每一代人都会用语言构筑起与自己相谐的过去。"[①]重译经典，在我看来，绝不仅仅是为了接近古人、构筑过去，而更是赋予古人以新的生命。文学经典的重译，就其根本意义而言，是文学经典重构与生成的过程。我一直认为，一部好的文学作品，一定呼唤翻译，呼唤着"被赋予生命的解读"。没有阐释与翻译，作品的生命便会枯萎。是翻译，不断拓展作品生命的空间，延续作品生命的时间。以此观照商务印书馆即将推出的《杨武能译德语文学经典》，我想向德语文学经典新生命在中国的创造者、杰出的翻译家杨武能先生致以崇高的敬意。

---

[*] 浙江大学文科资深教授，中华译学馆馆长。
[①] 斯坦纳.巴别塔之后——语言与翻译面面观［M］.孟醒，译.杭州：浙江大学出版社，2020：34.

一个杰出的翻译家,需要具有发现经典的眼光。我和杨武能先生相识已经快35个年头了。1987年,我在南京大学读研究生,主攻文学翻译与研究,那时杨武能先生因为重译了郭沫若先生翻译过的《少年维特之烦恼》,在国内文学翻译界声名鹊起,影响很大。时年5月,南京大学召开中国首届研究生翻译研讨会,南京大学研究生翻译学会让我与杨武能先生联系,我便向他发出了诚挚的邀请,恭请他出席研讨会做主旨报告,指导后学。那次报告的具体内容我已经记不清了,但我永远忘不了在会议期间的交谈中他叮嘱我的一句话:"做文学翻译,要选择经典作家。"选择,意味着目光与立场。梁启超曾在《变法通议》中专辟一章,详论翻译,把译书提高到"强国第一义"的地位。而就译书本

1985年,南京大学召开中国首届研究生翻译研讨会,我和杨先生及会议主办者合影于南京大学大门前。中间者为杨先生

身，他明确指出："故今日而言译书，当首立三义：一曰，择当译之本；二曰，定公译之例；三曰，养能译之才。"梁启超所言"择当译之本"，便是"译什么书"的问题。他把"择当译之本"列为译书三义之首义，可以说是抓住了译事之根本。回望杨武能先生60余个春秋的文学翻译历程，我们发现，从一开始他就把"择当译之本"当成其翻译人生的起点与基点。选择经典，首先要对何为经典有深刻的理解。文学经典，是靠阅读、阐释与翻译不断生成的。一个好的翻译家，不仅要对经典有自己独到的理解与领悟，更要在准确把握原文意义的基础上，把原文的精神与风貌生动地表现出来，让文学经典成为翻译经典。60余年来，杨武能先生翻译了近千万字的德语文学作品，无论是古典主义的《浮士德》、浪漫主义的《格林童话全集》、现实主义的《茵梦湖》，还是现代主义的《魔山》，每一部都堪称双重的经典：文学的经典与翻译的经典。首创性的翻译，是一种发现；成功的重译，是一种超越。我曾在多个场合说过，翻译，是历史的奇遇。一部好的作品，能遇到像杨先生这样好的译家，那是作家的幸运，也是读者的幸运。

　　一个杰出的翻译家，需要具有创造的能力。发现经典、选择经典是文学翻译的起点，而要让原作在异域获得新的生命，则需要译者付出创造性的劳动。莫言在诺贝尔奖颁奖典礼上发表感言时说："我还要感谢那些把我的作品翻译成世界很多语言的翻译家们，没有他们创造性的劳动，文学只是各种语言的文学，正是有了他们的劳动，文学才可以成为世界的文学。"创造性，是翻

1985年《译林》创刊5周年招待会上,与杨先生及诗人兼翻译家赵瑞蕻合影,左二为杨先生

译应具有的一种精神,也是历代译家所追求的一种境界。杨武能先生深谙翻译之道,他知道,一部文学佳作要在异域重生,需要翻译家发挥主体性,不仅译经典,更要还它以经典。早在1990年,他就撰写了《文学翻译与翻译文学:兼论翻译即阐释》一文,在文中明确区分了文学翻译与翻译文学的概念,指出:"要成为翻译文学,译本就必须和原著一样,具备文学一样的美质和特性,也即除了传递信息和完成交际任务,还要具备诸如审美功能、教育感化功能等多种功能,在可以实际把握的语言文字背后,还会有丰富的言外之意,弦外之音,以及意境、意象等难以言传、只可意会的玄妙的东西。"[1]基于这样的认识,他对文

---

[1] 杨武能.译翁译话[M].杭州:浙江大学出版社,2020:279.

学翻译应达到的高度有着自觉和积极的追求。他认为,"面对复杂、繁难、意蕴丰富、情志流动变换的原文",译者不能"消极地、机械地转换和传达或者反映",应该主动"深入地发掘、发扬和揭示"。为此,他调遣各种可能,去创造性地重现《少年维特的烦恼》中蕴含的多重情致与格调,传达《魔山》独特的哲理性与思辨性,"再现大师所表达的丰富深刻的思想、精神,感受,再创杰作所散发的巨大强烈的艺术魅力"(见《译翁译话》第82页)。

一个优秀的翻译家,应该具有不懈求真的精神。杨武能先生译文学经典有一个明确的目标,就是要"创造传之久远的、能纳入本民族文学宝库的翻译文学,要创造美的翻译和美玉、美文"(见《译翁译话》第19页)。文学翻译,要具有文学性,具有审美特质,具有美的感染力。作为一个优秀的翻译家,杨武能先生清醒地知道,当下的文学翻译界对于"美"的认识存在着不少误区,甚至有的把翻译之"美"简单地等同于辞藻华丽。他强调说明:"我翻译理念中的'美',指的是尽可能充分、完美地再创原著所拥有的种种文学美质。而非译者随心所欲地想怎么美就怎么美,更不是眼下一些人津津乐道的所谓的'唯美'。"(见《译翁译话》第19页)换言之,追求翻译之美,在于追求翻译之真,需要有求真的精神。再现美,首先要把握原作的美学价值与审美特征,为此必须对原作有深刻的理解。杨武能先生在文学翻译中始终秉承科学求真的精神,对拟译的文本、作家有深入的研究、不懈的探索,坚持在把握原文的精神、风格与特质的基础上再现原作之美，以达到形神兼备。翻译与研究互动，求真与求美融通，构成了杨武能先生文学翻译的一大特色，也因此铸就了杨武能先生翻译的伦理品格。

发现经典、阐释经典、再创经典，这便是杨武能先生的文学翻译之道。杨武能先生的译文，数量之巨、涉及流派之多、品质之高、影响之广，难有与之比肩者。开风气之先，以翻译不断拓展思想疆域的商务印书馆陆续推出《杨武能译德语文学经典》，这在中国的文学翻译出版史上是件大事，可喜可贺。在《杨武能译德语文学经典》即将与读者见面之际，杨先生嘱我写序，我欣然从命。一是因为我们有特殊的校友之情，在南京大学建校110周年之际，我曾写过一篇文章，题目叫《一直引着我前行——我心中的杰出校友杨武能先生》，对这位前辈校友，我心存感激：

2018年，中国翻译史上的大事件：中华译学馆成立！照片中前排左一为唐闻生，左三为杨先生，左二为本人

在我的翻译与翻译研究之路上，在我前行的每一个重要的路段，在我收获的每一个重要的时刻，都有他留下的指引的闪光。南京大学有幸有杨武能先生这样杰出的校友，他的杰出不仅仅在于他卓越的学术建树、他在国际日耳曼学界广泛的影响，更在于他在与后学的交往中所体现出的一种榜样的力量。二是因为我深知这是一份重托：前辈的文学翻译之路，需要一代代新人继续走下去；前辈的翻译精神，需要后辈继承与发扬。让我们从阅读《杨武能译德语文学经典》开始，追随杨武能先生，以我们用心的细读和深刻的领悟，参与经典的重构，让外国文学经典在中国的新生命之花更加灿烂。

2021年8月1日于南京黄埔花园

自序

天时·地利·人和
成就译翁"一世书不尽的传奇"

杨武能

我应约写过一篇《我的外语生涯》[①]，回顾自己半个多世纪学外语、教外语、担任外语学院领导，以及使用外语做学术研究和进行国际文化交流的点滴往事和心得，以庆祝中国共产党成立100周年。这回我再写一文介绍我的翻译生涯，作为即将面世的《杨武能译德语文学经典》的自序。

60多年以外语为生存手段，教书和学术研究是我的本职工作，说多重要有多重要；然而，我毕生心心念念的却是文学翻译，梦寐以求的是成为一名文学翻译家兼作家，文学翻译才是我真正的志趣、爱好和事业。眼前这套《杨武能译德语文学经典》，乃我60多年心血的结晶。它犹如一棵树冠如盖的巨树，树上结满了鲜艳夺目、滋味鲜美、营养丰富的果实；它长在一片土壤肥美、风调雨顺的大园子里。这座历史悠久的名园叫：商务印书馆！

---

① 选自：王定华，杨丹.人类命运的回响——中国共产党外语教育100年［M］.北京：外语教学与研究出版社，2021.

开编新闻发布会上，巴蜀译翁杨武能分享从译 60 多年的经历与感悟

"译协影子会长"、译林出版社老社长李景端，一口气举出译翁创下的 15 项第一[1]

小子我从译之路漫长、曲折、坎坷，且不乏传奇色彩[2]。浙江

---

[1] 除了李景端，还有中国译协常务副会长黄友义先生和中华译学馆馆长许钧教授做了长篇视频致辞。

[2] 凤凰卫视 2021 年做了一期总题名为《译者人生》的专访，经"译协影子会长"李景端推荐，老朽被访了差不多一个星期，因为"他的故事多"。

天时·地利·人和　成就译翁"一世书不尽的传奇" | xv

大学出版社2020年出版的《译翁译话》、四川文艺出版社2017年出版的《译海逐梦录》和湖北教育出版社2000年出版的《圆梦初记》，都详述了我做文学翻译的经历和心路历程，这篇序文只摘取几个最奇异的片段，侧重说说我当文学搬运工一个多甲子的心得和感悟。一个多甲子啊，有几人熬得过……①

走投无路的选择

巴蜀译翁杨武能生于抗日战争全面爆发第二年的1938年，11年后新中国诞生时刚小学毕业。尽管当工人的父亲领着我跑遍山城重庆的包括教会学校在内的一所所中学，还是没能为他的儿子争取到升学的机会。失学了，12岁的小崽儿白天在大街上卷纸烟卖，晚上却步行几里路去人民公园的文化馆上夜校，混在一帮胡子拉碴的大叔大伯中学文化，学政治常识，学讲从猿到人道理的进化论。是父亲基因强大，我自幼便倾心于读书上学。

眼看我要跟父亲一样当学徒工

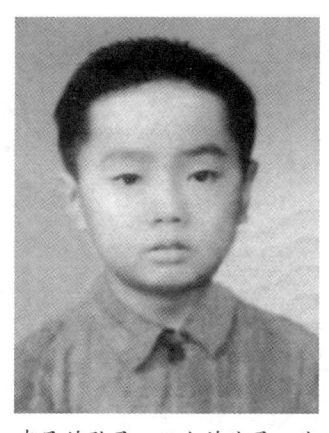

农民的孙子、工人的儿子，儿时的巴蜀译翁杨武能

---

① 一个多甲子从我得到李文俊、张佩芬提携，在《世界文学》发表译作算起，此前的小打小闹就不算啦。

重庆育才学校学生

了，突然喜从天降：第二年秋天，在父亲有幸成为其联络员的地下党帮助下，我"考取了"人民教育家陶行知创办的育才学校，进了重庆解放初唯一一所不收学费还管饭的学校！

在育才，我不仅圆了求学梦，还懂得了做人的道理。老师告诉我们要早日成才服务社会，还讲我们的目标就是实现电气化。于是我立志当一名电气工程师，梦想去建设想象中的三峡水电站。

毕业40年后回母校拜谒陶行知老校长

谁料，初中毕业时，一纸体检报告判定我先天色弱，不能学理工，只能学文，梦想随即破灭。1953年我转到重庆一中念高中，还苦闷彷徨了一年多,其间曾梦想学音乐当二胡演奏家或者歌唱家,结果也惨遭失败。后幸得语文老师王晓岑和俄语老师许文戎启迪、引导,才在走投无路的情况下选学外语,确立了先做翻译家再当作家的圆梦路线。

高中学生杨武能

1956年秋天,一辆接新生的无篷卡车把我拉到北温泉背后的山坡上,进了西南俄文专科学校。凭着在育才、一中打下的坚实的俄语基础,我半年便学完一年的课程跳到了二年级。

重庆一中毕业照(前排右一为王晓岑老师,右二为潘作刚老师,右四为唐珣季老师,右五为甘道铭校长,右六为刘锡琨副校长,右七为张富文老师,右八为陈尊德老师,右九为团委书记方延惠,右十为许安本老师,三排右三为我)

西南俄专，1957年元旦

与同班同学刘扬体等游北温泉公园

因祸得福出夔门

眼看还有一年就要提前毕业，领工资孝敬父母，改善穷困的家庭生活，谁知天有不测风云：牢不可破的中苏友谊破裂了，学俄语的人面临"僧多粥少"的窘境。于是我被迫东出夔门，顺江而下，转到千里之外的南京大学读日耳曼学，也就是德国语言文学，从此跟德语和德国文化结下不解之缘。这一做梦也没想到的挫折，事后证明跟因视力缺陷不能学理工才学外语一样，又是因祸得福。

须知单科性的西南俄专，无论是硬件还是软件，都远远无法与老牌综合性

南京大学学子

大学南京大学相比。而今忆起在南大五年的学习生活，尽管远在异乡靠吃助学金过活的穷小子受了不少苦，仍感觉如鱼得水般地畅

天时·地利·人和　成就译翁"一世书不尽的传奇" | xix

同班同学秋游中山陵，前排左三为挚友舒雨

本人是那个穿破裤子的裁判，注意：补丁是自己一针一针缝上去的

快，因为有了实现理想的条件和可能嘛。

　　要说南大学习条件优越，仅举一个例子为证：

　　搞文学翻译，原文书籍的获得和从中挑选出有价值的作品，实乃第一件大事；没有可供翻译的原文，真叫"巧妇难为无米之炊"。作为南大学子，我身在福中。师生加在一起不过百人的德语专业，拥有自己的原文图书馆不说，还对师生一律开架借阅。图书馆的藏书装满了西南大楼底层的两间大教室，整个一座敞着大门的知识宝库，我呢，好似不经意就走进了童话里的宝山。

更神奇的是，这宝山也有个"小矮人"守护！别看此人个头矮小，却神通广大，不仅对自己掌管的宝藏了如指掌，而且尽职尽责，开放时间总是坚守在自己的位置上，对师生的提问一一给予解答。从二年级下学期起，我几乎每周都得到这"小老头儿"的服务和帮助。起初我只是感叹、庆幸自己进入的这所大学真是个藏龙卧虎之地！日后才得知这位其貌不扬、言行谨慎的老先生，竟然是我国日耳曼学宗师之一的大学者、大作家陈铨。

不过我在南大的文学翻译领路人并非陈铨，而是叶逢植。20世纪五六十年代，叶老师

风华正茂的叶逢植老师

1982年陪叶老师走海德堡哲人之路

尚未跻身外文系学子崇拜的何如教授、张威廉教授等大翻译家之列。不过，我们班的同学仍十分钦慕他，对他在《世界文学》发表的译作，如席勒的叙事诗《伊璧库斯的仙鹤》和广播剧《人质》等津津乐道，引以为荣。

正是受叶老师影响，我才上二年级就尝试搞翻译，也就是当年为人所不齿的"种自留地"。1959年春天，《人民日报》发表了我翻译的非洲民间童话《为什么谁都有一丁点儿聪明？》，对我而言不啻翻译生涯中掘到的"第一桶金"。巴掌大的译文给了初试身手的小子我莫大鼓舞，以至一发不可收拾，继续在小小的"自留地"上挖呀，挖呀，挖个不止，全然不顾有可能戴上"资产阶级名利思想严重"和"走白专道路"的帽子。

真叫幸运啊，才华横溢又循循善诱的叶老师在一、二年级教我德语和德语文学。在他手下，我不只打下了坚实的语言基础，还得到从事文学翻译的鼓励和指点，因此在那个物质和精神都极度匮乏的困难年代，我们之间建立起了相濡以沫的深厚情谊。

小译者发表习作的大刊物

可怜，待分配的肺痨书生！

《译翁译话》第一辑《译坛杂忆》，详述了鄙人"种自留地"拿稿费改善自己和父母经济生活，以及后来在叶老师指引下在《世界文学》刊发德语文学经典翻译习作的情况。想当年，中国发表文学翻译作品的期刊，仅有鲁迅创刊、茅盾主编的《世界文学》一家，未出茅庐的大学生杨武能竟一年三中标，实在不易。

南大德文专业1962年毕业照（前排右五为学生们敬爱的郭影秋校长，右四为系主任商承祖，右三为张威廉教授，右二为林尔康老师，右一为马君玉老师；二排右一为帅哥关群，右二为"痨病鬼"，右三为刘大方，右四为贾慧蝶，右五为张淑娴，右六为小三姐舒雨，右七为团支书曹志慕，右八为志愿军大哥何平谷，右九为王志清大哥，右十为"二胡"潘振亚，右十一为班长张复祥；后排左一为秦祖镒，左二为张春富，左三为杨明，左四为篮球健将陈达，左五为沈祖芳，左六为林尧清，左七为张至德，左八为马明远，左九为华宗德）

就这样，还在大学时代，我连跑带跳冲上了译坛，可也为此付出了沉重代价：毕业前一年，我患了肺结核，住进了郭影秋任校长的南大在金银街5号专为学生设立的疗养所。

1962年秋天毕业却因病不得分配，我寂寞、痛苦地在舒雨的陪伴下①等待了几个月，才勉强回到由西南俄专发展成的四川外语学院报到。

毕业后头两年我还在《世界文学》发表了《普劳图斯在修女院中》和《一片绿叶》等德语古典名著的翻译。

谁料好景不长，1965年中国唯一一家外国文学刊物《世界文学》停刊了，接着就是十年"文革"，我的文学翻译梦遂成泡影，身心堕入了黑暗而漫长的冬夜。

否极泰来说"文革"

译翁对"文革"深恶痛绝，它不但粉碎了我做文学翻译家的美梦，还给年纪轻轻的小教员我扣上"反动学术权威"的帽子，仅仅因为我译过几篇古典名作而已。我父亲更惨，莫名其妙地就从革命群众变成"历史反革命"，被勒令到长寿湖学习改造，儿子自然也被划入了"黑五类"另册。业务再好，教学再努力，我当个小小教研室主任前边也得加个"代"字，真是倒霉到了极

---

① 舒雨，我的南大同班同学。身为老舍先生的三女儿，她身份显赫，生活优裕，却偏偏青睐我这个四川"小瘪三"。《译海逐梦录》里有一篇《小三姐》，写她为什么会陪我待分配，以及我在长江边上与她洒泪分别的情景。

1978年冬天，在导师冯至温暖的书房

1982年秋第一次到德国出席学术会议，会后随恩师冯至、叶逢植游览慕尼黑

点，憋屈到了极点！

正是太憋气、太受气，我才忍无可忍，才在1978年以40岁的大龄破釜沉舟：已经获得的讲师头衔不要了，抛下即将生第二个孩子的弱妻和尚年幼的女儿，愤而投考中国社会科学院冯至教授的研究生！

结果呢，我鲤鱼跳龙门，摇身一变成了歌德学者，成了"翰林院黄埔一期"[①]的一员！

若不是"文革"逼我铤而走险，十有八九小子我还是一名德语教员，充其量也就能奋斗进黄永玉老爷子所谓"满街走"的教授队列。

"文化大革命"把偌大

[①] "翰林院"系中国社会科学院研究生院当年的谑称。1978年恢复研究生制度，在"人才难得的呼喊声中"，许多被"文革"耽误、埋没的知识精英蜂拥进了社科院研究生院，在温济泽老院长的操持下，它的"黄埔一期"真出了不少将帅之才。

一个中国生生变成了文化荒漠。浩劫过后接着是文化饥渴，小子我生逢其时，交了好运，在人民文学出版社孙绳武和绿原前辈帮助下翻译出版了《少年维特的烦恼》，恰如灾荒年推到市场上一大筐新烤出来的面包，"饥民"们一阵疯抢，借着前辈郭老的余威，小子暴得大名！随后译作、著作便一本接一本上市喽。

时也，命也！

《少年维特的烦恼》部分杨译本（包括捐赠了稿费的盲文本）

经过这场浩劫，党和政府毅然拨乱反正，实行改革开放，为中华腾飞打下了坚实基础，小平同志居功至伟。我家里摆着两尊伟人铜像：一尊为毛泽东，一尊为邓小平！

祸兮福兮忆抗战
——亲爱的"下江人"

我出生在抗日战争全面爆发的第二年，依稀记得大人抱着我躲警报的情景，刚懂一点点事就切齿痛恨日本鬼子狂轰滥炸我的家园，永世不忘国家民族的深仇大恨！

抗战期间，陪都重庆经济文化空前繁荣，小小年纪的我同样受益匪浅。这里我讲一个非亲历者体会不到的例子：

抗战时期逃难到大后方的有许多"下江人"，也就是江浙、京沪乃至东三省的上层人士和文化精英。抗战期间，难民们受到四川的庇护、款待，对包括重庆在内的第二故乡四川怀有深深的感恩之情。前不久我读到叶逢植老师的一部未刊德语回忆录，说他们从四川回南京后自然形成了一个讲四川话的小圈子，大家都以到过四川为荣，彼此格外亲切。我长大后浪迹南京、北京，涉足文坛遇到许多恩人贵人，从恩师冯至先生到挚友老舍的三女儿舒雨和她的丈夫潘武一，从亦师亦友的译坛领路人叶逢植到忘年之交英语兼德语翻译家傅惟慈，从高风亮节的诗人、翻译家兼编辑家绿原到作家、翻译家冯亦代，等等。这些在我从译和治学路上扶持、提携我，有恩于我的人，他们的一个

冯亦代三不老胡同听风楼中的座上客

鲁迅文学奖翻译奖评议组组长绿原和他的组员杨武能

共同点便是饮过川江水的"下江人"。我忍不住要述说自己这一特殊经历、感受,因为老头子不讲,再过一些年恐怕没有谁会再知道和再想起讲这些亲爱的"下江人"啦!

京城有巴蜀游子的两个落脚点:一个在舒雨、潘武一灯市西口的家中,一个在傅惟慈四根柏胡同的小院里。左一为傅教授的儿女亲家叶君健

人生路漫长曲折,祸福无常,祸福相倚。鄢翁60多年的译著生涯,每每印证此理。多有"山重水复疑无路"的困顿迷茫,绝望挣扎,接着总会"柳暗花明又一村",眼前豁然开朗,心中欣幸欢悦。此时此刻此情此景,每一个不惧艰险、不懈奋进的追求者,都会像浮士德博士一样喊出:你真美啊,请停一停!

鄢翁咬牙在从译之路上奔波、跋涉,一次次跌倒了再爬起来,方有今日之光景。但柳暗花明和跌倒了再爬起来,打拼出新的局面,没有幸逢一位位恩人、贵人,那是不可能的!

格林童话助我"返老还童"

回眸一个多甲子的文学翻译生涯,无论如何也不能不说说译林出版社和它1993年推出的《格林童话全集》。而今,杨译格林童话在读者中的影响,已经超过杨译《少年维特的烦恼》和《浮士德》,为我赢得的老少粉丝数以亿计。不仅如此,《格林童话全集》帮助我"返老还童",使我这棵翻译"老树"在风风雨雨半世纪之后又发出了"新枝"。这个情况,当然早已为业内注意到,于是我慢慢被视为译介少儿作品的好手,因此收到了各式各样的约请。

2007年,经儿童文学理论家王泉根教授推荐,我应邀担任湖南少年儿童出版社"全球儿童文学典藏书系"的"翻译专家委员会委员",不但接受组织德语作品翻译的委托,自己也承担和完成了《七个小矮人后传》和《胡桃夹子》等几本小书的翻译。书虽说单薄,跟我已出版的大多数译著相比微不足道,却是我进入新的年龄段即70岁后的第一批成果,不但使我重温了20年前翻译《格林童话》的美妙滋味,还认识到为孩子们干活儿的非凡意义。不再做翻译的决心动摇了,我开始考虑在保持健康的前提下,力所能及地再为孩子们做点事。

恩德此书被誉为德语文学的现代经典,貌似童书,却有点《浮士德》《西游记》的味道

天时・地利・人和　成就译翁"一世书不尽的传奇" | xxix

2010年，以出版少儿读物享有盛誉的二十一世纪出版社找到远在德国的我，约我翻译德国当代著名儿童文学作家普罗斯勒的《大帽子小精灵霍柏》与《霍柏和他的朋友毛球儿》。为考验该社诚意，我提出相当高的签约条件，不想他们慨然应允，这就使我再也脱不了手。两本小书交稿后，他们又请我重译已故当代德国儿童文学大师米切尔·恩德的代表作《永远讲不完的故事》和Momo。我查了资料，发现这两本书的旧译不但广为流传，而且译者都是熟人，因此颇感为难。我把疑虑告诉了联系人，得到的回答却是请我重译一事已经过慎重考虑，决定系由社长张秋林本人做出，只因他喜欢我的译笔①。思考再三，几经踌躇，我终于决定接受约请，理由是应该以广大小读者的接受为重，以大师恩德杰作的传播为重，而不能太在乎个人的得或失②。

我为二十一世纪出版社翻译的童书很多，这里只展示《永远

如同Momo，此书是批判后工业社会的生态小说

---

① 前些年，秋林曾代表台湾地区某出版社约我译恩德的《如意潘趣酒》。
② Momo在20世纪八九十年代就有中译本，我印象最深的是译林出版社资深编辑赵燮生的《莫莫》，因为燮生邀我为它写过序。二十一世纪出版社的重译本《毛毛》也许译名取得巧，结果后来居上。我重译了Momo，尽管煞费苦心把译名变成了《嫫嫫》，还是未能免掉麻烦和困扰。不过这只是一点点不值一提的鸡毛蒜皮，革命航船仍然乘风破浪，也就是得大于失，反倒加快了"返老还童"的进程。

讲不完的故事》和《如意潘趣酒》的封面。

再说我的"返老还童"，为此我由衷感谢在激烈的争夺中与我签订"格林兄弟"作品出版合同的李景端[①]，还有责任编辑施梓云，没有这位称职"保姆"养育、呵护，"孩子"不会长得如此健壮可爱，这么有出息！很自然地，译林出版社和李、施两位都成了本翁的好朋友。

欣慰自豪一二三

我从译半个多世纪真没少经历痛苦磨难，但更多的是师友的教诲、帮助，恩人贵人的扶持、提携，因而有了一些可堪欣慰、自豪的成绩，在此略述一二。

其一，毕生所译几乎全是名著佳作，尤以古典杰作居多。翻译古典名著很难避免重译。重译亦称复译，复译之必要已为业界公认，问题只在质量和效果。重译者做到了推陈出新、更上层楼，有利于原著进一步传播，有利于读者更好地接受，价值就不容否认和低估，就不一定比新译或所谓"原创性翻译"来得差。具体说到我重译的歌德代表作《浮士德》《少年维特的烦恼》《迷娘曲——歌德诗选》《歌德谈话录》，以及《阴谋与爱情》《海涅抒情诗选》《茵梦湖》和《格林童话全集》等，事实

[①] 他一听说漓江出版社也属意我的《格林童话》译稿，立马从南京奔到我成都的家中，和我签了出版合同。

表明都得到了同行专家的赞赏，出版界和读书界的欢迎。例如《少年维特的烦恼》入选了人民文学出版社、作家出版社以及商务印书馆等权威大社"名著名译"丛书，《浮士德》被藏入国家领导人的书柜，《格林童话全集》成为教育部推荐的中学生"新课标"选本。

除了重译，译翁也有不少首译的作品，较重要的如托马斯·曼70多万字的巨著《魔山》，黑塞的长篇小说《纳尔齐斯与歌尔德蒙》，海泽的中篇集《特雷庇姑娘》，迈耶尔的中篇集《圣者》，以及霍夫曼、克莱斯特等的许多中短名篇，还有米切尔·恩德的现代经典童话《如意潘趣酒》等，加在一起不但数量可观，也同样受到读者欢迎、同行肯定。

《魔山》等经典名著部分译本

其二，鄙翁尽管痴迷于文学翻译实践，却不只顾埋头译述，做一个吭哧吭哧的"搬运工"，也对文学翻译做过不少理论思考，对它的性质、意义、标准以及从事此道的人必须具备的条件和修养等，形成了有个人见解且言之成理、立论有据的理念，或者勉强也算理论。老朽自视为译学研究舞台上的"票友",却有同行谬赞吾为"文学翻译家中的思想者"。

说起文学翻译理论,一言以蔽之,我特别重视"文学"二字。早在20世纪80年代,区区就强调优秀的译文必须富有与原著尽可能贴近的种种文学元素和美质,也就是在读者审美鉴赏的显微镜下,译文本身也必须是文学,即翻译文学。而这一点,即文学翻译除去正确和达意之外,还必须富有与原文近乎一样的文学美质,正是文学翻译的难点和据以区别于他种翻译的特质。

德国人称纯文学(即Belletristik)为"美的文学"(schöne Literatur),我想不妨也称文学翻译为"美的翻译",或曰"艺术的翻译"。使自己的译作成为"美的翻译",成为"美玉"、美文,成为翻译文学,是我半个多世纪翻译生涯的不变追求。

为避免误解,我必须强调:翻译理念中的"美",指的是尽可能充分、完美地再创原著所拥有的种种文学美质,而非译者随心所欲地想怎么美就怎么美,更不是眼下一些人津津乐道的所谓"唯美"和为美而美。

要创造传之久远的、能纳入本民族文学宝库的翻译文学,要创造美的翻译、美文、"美玉",必须充分发挥翻译家的主观能动性和创造精神。因此我赞成说文学翻译是艺术再创造;因此我认为,翻译家理所当然地应当是文学翻译的主体,也事实上是主体。

其三,我践行了早年提出的文学翻译家必须同时是学者和作家的理念，几十年来努力追寻季羡林、戈宝权、傅雷等译界前辈的足迹，把研究、翻译、创作紧密结合起来，让它们相辅相成、相得益彰，在完成教师本职工作之余，翻译、研究、创作齐头并进，在三个方面都取得了或大或小的成绩，出版的译著、论著和创作总计约40部。即使仅仅作为翻译家，我在学者和作家朋友面前当也不自惭形秽。其他理由不说了，只讲我译著的读者数量以千万计，而一部名著佳译流传数十年甚至更加长远，可以影响一代又一代人，这难道不值得自豪吗？

还值得一说的是，几十年来我积极参加国内外翻译界的活动，不甘于做一个把自己关在屋子里爬格子的书呆子和匠人。有机会向前辈和国内外同行学习，我获益匪浅。

社科院众多大儒中我最亲近戈宝权。1987年他应邀出席四川翻译文学学会成立大会，会后偕夫人梁培兰做客我在四川外语学院的寒舍，与我妻子王荫祺和次女杨熹合影。我受他影响，也涉猎中外文化关系研究

我读研时去北大听过田德望先生的课,他待我很好。我参评教授时,他写推荐多有美言,是我视为表率的德语和意大利语翻译大家

1985年,我参加了在烟台举行的全国中青年文学翻译经验交流会

也是1985年,出席《译林》杂志创刊五周年纪念会,我拜识了一大批前辈名家。

三排右一为周珏良，右二为毕朔望，右三为杨岂深，右四为吴富恒，右五为戈宝权，右六为汤永宽，右七为屠珍，右八为梅绍武；中排左一为吴富恒夫人陆凡，左二为董乐山；前排左一为东道主，左二为陈冠商，左三为杨武能，左四为郭继德，左五为施咸荣

1992年珠海白藤湖，我出席海峡两岸文学翻译研讨会，欣逢自称半个四川人的"下江人"余光中先生，与他一见如故。

乡愁诗人与我的忘年之交

在白藤湖，我还拜识了王佐良、齐邦媛和金圣华等译界名宿。

图为李文俊、方平、董衡巽和小杨（时年54岁）

2004年任欧洲译协驻会翻译家

1999年歌德诞辰250周年，我受聘赴魏玛"《浮士德》翻译工场"打工，作为唯一中国代表与来自全世界的《浮士德》翻译家切磋译艺。"工场"关门后又应邀赴艾尔福特开更大的世界歌德翻译家研讨会。

天时·地利·人和　成就译翁"一世书不尽的传奇"　| xxxvii

在欧洲译协与诺奖得主君特·格拉斯相谈甚欢

遗憾的是，当今中国，翻译家在文艺界和学术界没有受到足够的重视：即使是经典译著，在高校通常也不算科研成果，翻译的稿酬标准也远低于创作。对此，翻译家们心怀愤懑却无能为力，不少人因此失望、自卑。译翁却不但不自卑，心中还充满自豪，反倒为自己是一名有成就、有作为、有影响的文学翻译家自豪！

夫唱妇随，在欧洲译协驻会翻译家居住的小别墅门前

在艾尔福特的世界歌德翻译家研讨会做报告

2018年荣获"翻译文化终身成就奖",这是巴蜀译翁在国内得到的最高奖项

我不是傅雷，我是巴蜀译翁，巴蜀译翁！

近些年，有媒体报道称老朽为"德语界的傅雷"：

2013年6月27日，中国网河南频道报道"德语界傅雷"杨武能荣获歌德金质奖章；《成都商报》说什么"德语界的傅雷"川大教授杨武能获得了"翻译诺贝尔奖"；2018年，又有报道说80高龄的杨武能"拿下了"翻译文化终身成就奖，称誉他为"德语界的傅雷"，云云。不只某些媒体，严谨的学术界也偶有拿我跟傅雷相提并论者。

傅雷先生（1908—1966）是中国翻译文学史上的一座丰碑，我走上文学翻译道路就是中学时代受了先生和汝龙、丽尼等前辈的影响，傅雷更是我从译之路上的向导乃至偶像。我说我不是傅雷，没有丝毫贬低他的意思，相反我对先生十分崇敬和感激。我所以坚称自己不是傅雷，因为我就是我，我跟傅雷有太多的不同。多数的不同不言自明，只有一点必须要强调，因为影响大而深远：

傅雷比我早生30年，58岁不幸去世；同成长在新中国，虽也历经坎坷，却在和平环境里幸福地多劳作了数十年的译翁，不可同日而语！译翁施展的时间和空间远远大于傅雷前辈，能创造和贡献的自然应该更多更大。至于是不是真的更多更大，则有待评说。

感恩故乡，感恩祖国

2018年年届耄耋，我突发奇想，给自己取了个号或曰笔名：巴蜀译翁。

一辈子混迹文坛，我用过的笔名不少，大多随用随弃，但这"巴蜀译翁"将一直用下去。它不只蕴含着我对故乡无尽的感恩之情，还另有一层含义！

我出生在山城重庆较场口十八梯下厚慈街，从小爬坡上坎，忍受火炉炙烤熔炼，练就了强健的筋骨、刚毅的性格。天府四川的文学沃土养育我茁壮生长，我自幼崇拜李白、杜甫、苏东坡，尤其是苏东坡！我生而为重庆人，重庆人就是四川人；我一辈子都为自己是四川人而自豪，为自己是李白、杜甫、苏东坡、郭沫若、巴金的同乡、后辈而自豪。没想到行政区划的

苏东坡，译翁奉他为古代中国的歌德①

---

① 2000年法国《世界报》评选出1001—2000年间的"千年英雄"，全世界入选者12人，中国也是亚洲入选的唯一一位就是苏东坡。

变化，有一天我突然不是四川人了！我实在难过，想起杜甫草堂、武侯祠、三苏祠就难过！我取"巴蜀译翁"这个名号，是要表明自己对四川—重庆人这个身份的忠诚。

得意忘形　"引吭高歌"

杨武能著译文献馆（巴蜀译翁文献馆）开馆展。左一为四川大学文学院院长曹顺庆，左二为重庆市作协主席冉冉，左四为著名翻译家刘荣跃，左五为华裔德籍著名歌德研究家顾正祥

我2008年从川大退休旅居德国，2014年送重病的妻子回重庆就医；2015年，重庆图书馆成立了杨武能著译文献馆。三年后，我逮住建立成渝双城经济圈和巴蜀文旅走廊的机会，赶快将它正名为"巴蜀译翁文献馆"，以舒缓心中的伤痛！

据我所知还没有为一个"文化苦力"建有巴蜀译翁文献馆这般高规格、大体量的个人文献馆的先例。

重庆武隆的世界自然遗产地仙女山还建有一座巴蜀译翁亭，实属少见。

这一馆一亭的意义和未来，还活着的译翁本人不便说，也说不清楚，只感觉这是故乡对区区无尽的爱，厚重得不能承受的爱，所以，巴蜀译翁这个笔名对我之要紧、珍贵，胜过父亲按字辈给我取的本名！

再看巴蜀译翁亭的柱子上，有一副楹联：

上联　浮士德格林童话魔山　永远讲不完的故事

下联　翻译家歌德学者作家　一世书不尽的传奇

组成上联的是我四部代表译著的题名，下联是我的主要身份以及一生的重大建树。

戈宝权评郭沫若说：郭老即使只翻译了一部《浮士德》，就很了不起。巴蜀译翁成功译介的经典多得多！

说主要身份，意味着还有其他身份略而未表。说一说幸得冯至先生亲传的歌德学者吧，译翁是荣获国际歌德研究最高奖"歌德金质奖章"唯一中国学人，其他似乎不用再说。只有作家这个身份，译翁还须努力夯实它。

重庆武隆仙女山巴蜀译翁亭揭幕，出席仪式者除主持仪式的县委领导和川渝文化名流，还有来自德国、美国、澳大利亚、日本、马来西亚等国的华裔作家和文艺家。他们经由小女杨悦组织来世界自然遗产地武隆仙女山采风，其中不乏周励这样的大作家[①]，却自谦为译翁的粉丝（张晓辉　摄）

译翁信心满满，只要坚守"生命在于创造，创造为了奉献"这个座右铭，一旦得到缪斯女神眷顾，诗的闸门就会大开。他有翻译家超强的笔力和得自书里书外的人生体验，可以讲的故事多着呢！仔细想想，真是每一部重要译著背后都有精彩故事呢，也就难怪李景端在提议凤凰卫视来专访我时讲：他的故事多！

"一世书不尽的传奇"？好大一个牛皮！

不是牛皮是事实！

---

① 代表作为《曼哈顿的中国女人》《亲吻世界——曼哈顿手记》。更令译翁钦佩的是，她还是一位极地旅行家，著有多部旅游探险记。

新中国成立前四川有句民谚："养儿不用教，酉秀黔彭走一遭！"说的是四川这几个地方极度苦寒，娇生惯养的娃娃只要去那里走一走，看一看，就会知道生活艰难，不懂事的就会懂事。我祖父杨代金是彭水（现武隆）大娄山上的贫苦农民，他儿子我爸跑到重庆城当了电灯工人，他孙子我巴蜀译翁现如今成了享誉海内外的翻译家、学者、作家还有教授、博导、大学副校长，您说传奇不传奇？

若问啷个（怎么）会出现这样的传奇？回答：天时、地利、人和呗！

欲知究竟，劳驾到重庆沙坪坝凤天路106号，去逛逛重庆图书馆的巴蜀译翁文献馆。您一进文献馆大门，就会看见屏风上写着答案。

巴蜀译翁文献馆门厅处屏风

看样子传奇还不算完，尽管译翁已经八十有三。须知他的座右铭是"生命在于创造,创造为了奉献",在有生之年,他还要继续创造,继续奉献,也就是生命不息,奋斗不止!在光辉灿烂的新时代,译翁有一个梦:老头儿梦见自己"年富力强",变成了新的自己,正铆足劲儿,要创造一个个新的传奇……

民族复兴大业美好、光荣、伟大,本翁啷个能不参与,不投入其中呢?!

结语:没有共产党缔造新中国,就没有巴蜀译翁!没有父母养育、亲属支持①、师长教导、友朋帮衬、贵人提携,就没有巴蜀译翁!故而译翁在中国共产党成立100周年之际开始结集出版自己60余载心血的结晶《杨武能译德语文学经典》,把它献给我的人民、我的国家,把它献给我的亲戚朋友,献给我的母校育才、一中、俄专、南大、社科院研究生院,以及德国洪堡基金会(Alexander von Humboldt-Stiftung),献给我在中国和德国的老师、同学,最后,还献给支持、厚爱译翁的千万读者、粉丝,老的少的粉丝!

德国大文豪、大思想家歌德说:我们都是"集体性人物"!意即我们生命中包括父母、亲属、师长、同学、同事、同行的许许多多人有意无意地影响了我们,从正面或者反面帮助、促成我们的成长、发展,造就了我们,最终决定了我们成为什么样的人。不能不说明,写在纸上的都是美好、阳光、正面的人和事;

---

① 必须感谢我的家人,特别是我的妻子王荫祺。她与我志同道合、同甘共苦三十五载,精心养育两个女儿,多方面为我分劳分忧,不只生活中给我无微不至的照顾,还参与我多部作品的翻译工作。在《译翁情话》里,将对她述说很多很多。

可在现实生活中，译翁跟所有人一样也遭遇过阴暗和丑陋，但那些阴暗和丑陋也磨炼、激励了我，最终成就了我，同样是我的塑造者！

茫茫人海，天高地阔，万类霜天竞自由！少了哪一类都不行，少了哪一物种世界都不会如此多姿多彩，生活都不会如此美好、幸福，译翁都不会活得如此有滋有味！多谢啦，一切从正面或反面促成、造就我的人，译翁感激你们哟，爱你们哟！

2021年12月于山城重庆图书馆巴蜀译翁文献馆

目　录

代译序
　席勒名剧《阴谋与爱情》及其在中国的接受 …………1
剧中人物………………………………………………… 11
第一幕…………………………………………………… 12
第二幕…………………………………………………… 39
第三幕…………………………………………………… 69
第四幕…………………………………………………… 94
第五幕………………………………………………… 118
附录
　席勒生平与创作年表 ………………………………151

代译序

席勒名剧《阴谋与爱情》及其在中国的接受

　　弗里德里希·席勒（Friedrich Schiller，1759—1805）是德国文学史上与歌德齐名的大诗人、大剧作家和美学理论家。他最著名的诗作为经贝多芬谱曲后唱遍全世界的《欢乐颂》，此外他还有一些抒情诗、哲理诗和叙事谣曲，也受到后世广泛的重视。

　　但是，作为剧作家，席勒的成就更多、更大，在德语文学乃至世界文学史上的地位也更加显赫和重要。他创作的《强盗》《阴谋与爱情》《堂·卡洛斯》《玛利亚·斯图亚特》《裴阿斯柯在热那亚的谋反》《奥里昂的姑娘》《威廉·退尔》和"华伦斯坦三部曲"等剧本，不仅至今脍炙人口，经常搬上德国和世界的戏剧舞台，有的还多次拍成电影，而其中的《阴谋与爱情》又是最著名和最富影响的一部。

　　《阴谋与爱情》（1783）是席勒青年时期创作的主要代表作，堪称德国狂飙突进运动少数几个最硕大的成果之一，曾被恩格斯誉为"德国第一部有政治倾向的戏剧"。故事发生于18世纪分裂、落后、名存实亡的所谓日耳曼民族的神圣罗马帝国，具体讲则在德国境内数以百计的小邦之一的某一个公国。这个公国虽说小，其在剧中所反映出的政治生态和社会风情的方方面面，于当时整个德国的现实却极具典型性，可以作为其封建、腐朽、愚昧的象征和代表。

该剧通过一对门第悬殊的年轻人由相恋而毁灭的悲惨故事，对荒淫无耻、阴险卑劣的封建统治者及其帮凶，做了无情的揭露和鞭笞。剧本情节紧凑、曲折，矛盾冲突环环相扣，然而演进、展开自然合理；临近高潮时剧情紧张得叫人几乎透不过气来，但于紧张激烈之中又不乏抒情和诗意，阅读起来也与看舞台演出一样引人入胜。一些场次，如第二幕第二场老侍从给弥尔芙特夫人送去公爵以无数青年给外国充当炮灰为代价换来的珠宝，第四幕第七场露意丝与弥尔芙特夫人之间的尴尬会晤和唇枪舌剑，以及第五幕剧终前年轻的恋人双双为爱情付出了宝贵的生命等，都可谓精彩至极，堪称德国古典戏剧不朽的经典。

剧中的人物全都刻画得十分成功：正面人物一个个除去其可爱之处，又令人信服地有着各自的弱点，如男主人公斐迪南侠肝义胆，对爱情无比忠诚，同时却嫉妒、多疑，其毒杀恋人的举动更不能不说是可怕的自私的表现[①]；女主人公露意丝天真无邪、心地纯善，同时却生性软弱而且迷信，结果便给了坏人可乘之机；乐师米勒作为德国市民阶级的代表，虽不乏自爱、自尊，却惧怕

[①] 照现代的观念，窃以为斐迪南毒死自己"不忠"的情人，更应该讲是非人道的犯罪行为。

官府；等等。在反面人物中，宰相封·瓦尔特寡廉鲜耻，残忍毒辣，无疑是一个古今中外都有的权奸典型，他为了获得更大的权势不择手段，甚至不惜牺牲自己儿子的终生幸福；宰相的秘书伍尔穆更可谓一肚子坏水，是个为虎作伥、阴险诡诈的地道小人，人间的悲剧往往由这种看似不足道的人引发，剧中的伍尔穆为此提供了生动的例证；侍卫长封·卡尔勃则是任何封建宫廷里都少不了的小丑，在剧中同样并非可有可无的点缀。还有一个看似次要的人物即公爵的情妇弥尔芙特夫人，其身份、遭遇、性格都既复杂又充满矛盾，在剧中地位尴尬而又关键，是一个十分值得注意和颇堪玩味的人物典型。

读《阴谋与爱情》，很容易想到莱辛和莎士比亚的一些著名悲剧，例如前者的《爱米丽雅·迦洛蒂》，后者的《罗密欧与朱丽叶》和《奥赛罗》，等等。不过比较起来，《阴谋与爱情》的政治和社会意义似乎更明显，批判的锋芒也更锐利、有力，也正因此，它才成为了"德国第一部有政治倾向的戏剧"。

综上所述，《阴谋与爱情》是席勒的一部杰作，不仅在德语文学史和世界戏剧史上占有突出而重要的地位，而且也少有地精彩和好看。

*

古典和近代的德语文学，其在我国流传最广、影响最大的长篇小说无疑是歌德的《少年维特的烦恼》，中篇小说则为施笃姆的《茵梦湖》，而剧本恐怕就数席勒的《阴谋与爱情》了，虽然以中文译本之多论，它远远无法与已有十多二十种中译本的《少年维特的烦恼》与《茵梦湖》相比。据我所知，包括眼前的拙译在内，《阴谋与爱情》迄今仅出版了三种译本，即还有1934年商务印书馆出版的张富岁译本和1955年人民文学出版社出版的廖辅叔译本。拙译曾于1993年收入我本人的三十年译文自选集《德语文学精品》（漓江出版社出版），后来还入选权威的《世界经典戏剧全集》（童道明主编，浙江文艺出版社出版），这次出版时做了相当多的修订和润色。不论在席勒本人的创作中，还是在整个德国戏剧文学中，《阴谋与爱情》都可谓是一部最为中国读者和观众所熟知与喜爱的作品。

这一论断，可以从下面一些似乎不乏文化思想史意义的事件和事实中得到印证：

首先，在我国的三个不同历史时期，《阴谋与爱情》至少由三个不同的中国剧团公演过，这在席勒本人乃至整个德语戏剧文学中，都是绝无仅有的。

最为人熟知和受人称道的一次演出在1959年，演出的剧团为著名的中国青年艺术剧院。那一年的11月，为了纪念席勒诞辰二百周年，我国首都文化界千余人举行盛大集会，出席纪念会的有文化部部长沈雁冰和首都文艺界的丁西林、老舍、田汉等知名人士，以及德意志民主共和国驻华大使汪戴尔等外交官员。被国外某些研究者称为"中国的席勒"[①]的田汉，在会上做了长篇报告，分析了包括《阴谋与爱情》在内的一系列席勒代表作。作为

---

① 田汉年轻时就曾以席勒自比，详见他与宗白华、郭沫若合著的《三叶集》。

盛大纪念会的最后一个节目,中国青年艺术剧院首演了由周来执导的《阴谋与爱情》。会后,此剧又连演许多场,成为当时首都文化生活中的一件大事。

从报刊发表的一系列报道和评介文章看,这次为配合席勒诞辰纪念而带应景和急就章性质的演出很是成功,以至著名戏剧评论家李健吾发出感叹:"看一出演得好的席勒的戏,还想克制沸腾着的热情,是需要功夫的。"①

但是,演出尽管成功,仍难免带上那年头奉为圭臬的文艺为政治——现实政治服务的鲜明印记,具有不可忽视的外交和政治意义。难怪评论在极力突出原剧的政治和阶级斗争含义之余,还要顺带批判一下联邦德国的"反动势力"。

1959年青艺的演出,曾由电视台在一间仅两米见方的简陋演播室中直播了15分钟;可以想见,观众面仍然很是狭窄。不过,话虽如此,对于席勒作品特别是《阴谋与爱情》一剧在中国的影响和接受来说,青艺的演出不能不说具有相当重要的意义。

《阴谋与爱情》的另一次演出,远远不像青艺的演出那么受人重视。从1959年的一二篇文章中得知,那是在"多年前",即新中国成立前,而且"不怎么成功"。李健吾先生说:"首先,把首相改成警察局局长(记得是这样类似的身份),政治背景缩小了,忿恨的目标也就缩小了。阶级对立的情况被抹杀,故事落入

---

① 李健吾:《现实与理想——看〈阴谋与爱情〉的演出》,载《光明日报》1959年12月16日。

一般贫富之间的婚姻纠葛。就当时来说,这样的改编是出于不得已……"[1]由此,我们不也可以窥知"多年前"那次演出的时代特色么?

第三次也即最近的一次演出,是在"文革"结束不久后的1979年。虽说那时文艺演出异常贫乏,它却并未为一般研究者和评论界所重视。原因也许在于演出单位是没有太大名气的东北某省剧团。但是,这次笔者曾在北京通过电视转播观看的演出,在当年对于文艺与政治的关系格外敏感的中国观众看来,却有着超乎寻常的巨大现实意义。[2]人们自觉不自觉地把舞台上发生的事情和现实联系起来,目睹了成为封建等级制度牺牲品的年轻主人公的悲剧,很自然地便想到现实生活中受反动血统论戕害的千百万青年男女的不幸遭遇,就把愤怒的目光和批判的矛头对准了以搞阴谋为特长的"四人帮"。所以,《阴谋与爱情》的第三次公演不论成功与否,也不论演出的剧团水准高低和评论界反应怎样,在我们研究《阴谋与爱情》的接受和影响时都不应该忽视。

其次,通过上述三次公演,通过后两次公演时的电视转播和德发电影制片厂同名影片的反复放映,通过两三个文学译本和一册江浚、谭晓春编绘的同名连环画(天津人民美术出版社出版)的流传,《阴谋与爱情》的故事在中国可以说差不多

---

[1] 李健吾:《现实与理想——看〈阴谋与爱情〉的演出》,载《光明日报》1959年12月16日。

[2] 在同一时期,还演出了宗福先的《于无声处》和布莱希特的《伽利略的水平》等意义鲜明的戏剧,显然并非偶然。

家喻户晓,并在中国公众特别是在青年一代里产生了很大的影响。

可以举一个反映在文学作品中的具体例子。1982年,中国青年出版社出版了叶辛的《蹉跎岁月》。在这部曾经十分畅销并被改编成同名电影的长篇小说中,有两个与《阴谋与爱情》关系密切的场面:

第一个场面——

一天夜里,刚认识不久的男女主人公在庄稼地里值夜,他向她谈到了家庭出身不好给自己带来的苦恼;她想给他宣传党的政策,可是没起多大作用。随后,她关切地问:"嗳,我来的时候,你在看什么书?我见你看书时眼里有泪光,这书一定很好看吧!""是剧本,《阴谋与爱情》。"他掏出一本薄薄的小书说道。"这样的书?"她有点意外。"是啊,德国人席勒作的。写一对出身、门第相当悬殊的青年男女的爱情悲剧。"他回答时"带着深深的感情"。可出身"红五类"的她呢,对这类"封、资、修"的书不感兴趣,"一听名字就不是好书,什么阴谋与爱情,肯定又是写哪个资本家的儿子爱上了一个贫穷的姑娘,不择手段要弄阴谋想达到目的。听着都作呕。"[①]

第二个场面——

三年后,她由于父亲被打成"走资派"而沦为"黑五类",受到了坏人的迫害。一天卧病在床,为了排遣自己对他的相思,把从

---

① 叶辛:《蹉跎岁月》,中国青年出版社,1982,第40页。

他手里借来的《阴谋与爱情》翻了开来。这时作者叶辛写道：

> 杜见春（小说女主人公）看了第一场戏，就被深深地吸引住了。她捧着书，听不到鸡啼狗吠，听不到走过集体户门外人的说话声，更忘记了自己是个病人，一口气，把这本薄薄的小书读完了。尤其是最后那场戏，杜见春读着读着，由不得自己地落下泪来，低声抽泣着。
>
> 看完书，她没有把最后那一页合上，呆痴痴地坐着，仰起脸来，两眼瞪得老大，凝视着光线晦暗的屋头。根本没察觉，时间已是午后。也根本不觉得肚子饿。①

这两个场面很是感人。它们有力而具体地说明，中国青年——包括出身经历不同的现代青年——是怎样理解和接受席勒的悲剧杰作《阴谋与爱情》的。

至此，自然会提出一个问题：为什么这部在两百年前产生于德国诗人笔下的剧本，能获得中国文艺界和中国观众包括现代青年的理解和喜爱，产生如此深远的影响呢？

原因应该说不止一个，除了原著本身巨大的文学魅力，除了中文译本、中国青年艺术剧院等的演出以及德发电影制片厂的影片都相当成功，还需提及的是中国也有许多类似题材的传统文学作品，因而群众接受起来没有任何困难。但是最重要和最根本的

---

① 见《蹉跎岁月》，第402—403页。

原因，仍在于剧本那反对封建等级制度和门阀观念、争取恋爱自由和个性解放的题材和主题思想。具有这类题材和主题的优秀作品，一般较易超越时代和地域的限制，因为它们表达了人类共同的理想和追求，而对于刚刚打倒"四人帮"的中国，人们的这一理想和追求又更加强烈。中国封建社会持续的时间特别长，致使千百年来以至"文革"时期在现实生活中不知演出了多少阴谋与爱情的悲剧。也就难怪，《阴谋与爱情》这部杰作能为我们的读者和观众很快地理解、接受。出于同样的原因，《少年维特的烦恼》和《茵梦湖》则成了在中国流传最广、影响最大的德语古典长篇小说和中篇小说。这类文学接受现象，应该讲绝非偶然或巧合，而是读者集体心理意识的曲折流露和群众理想追求的隐蔽反映。也就是说，从读者的接受和反应不只可以判断作品优劣，而且能窥知一定的社会现实。这，似乎也证明了文学接受与影响研究的意义和价值。

剧中人物

封·瓦尔特	某德意志公国的宰相
斐迪南·封·瓦尔特	宰相之子,少校
封·卡尔勃	宫廷侍卫长
弥尔芙特夫人	公爵的情妇
伍尔穆	宰相的私人秘书
米勒	城市的乐师,有些地方也叫吹鼓手
米勒太太	
露意丝	米勒的女儿
索菲	弥尔芙特夫人的贴身使女
公爵的近侍一名	
各种配角若干	

第一幕

第一场

乐师家里的一房间。

米勒正从圈椅里站起来,把大提琴靠在一旁。米勒太太坐在桌旁喝咖啡,还穿着睡衣。

米　勒　（很快地踱来踱去）事情就这么定了。情况正变得严重起来。我的女儿和男爵少爷已成为众人的话柄。我的家已遭人笑骂。宰相会得到风声的——一句话,我不准那位贵公子再进咱家的门。

米勒太太　又不是你求他上你这儿来的——又不是你把闺女硬塞进他怀里的!

米　勒　我是没有求他上咱家来——我是没有把闺女硬塞给他,可谁会计较这些呢？——身为一家之主,我本该更严厉地管教自己的女儿,本该更好地提防那位少校——或者立刻去见他的父亲大人,把事情原原本本报告给他。男爵少爷最终会闹出乱子来的，这我无论如何都该知道，而一切罪责将通通落在我这个提琴师头上。

米勒太太 （将咖啡喝得一点不剩）笑话！胡扯！什么会落在你头上？谁又能把你怎么着？你仍然干你的老行道，仍然招收学生，只要什么地方还有招的。

米　勒 可是，你告诉我，这整个买卖结果又会怎样？——他不可能娶咱闺女——根本谈不上娶不娶的问题；而做他的一个——上帝怜悯！——得啦得啦！——就说有这么位贵公子，东游西荡地鬼知道已经尝试过多少美酒，眼下自然也会有胃口来饮一点清水。当心！当心！即使你对每一只"夜蛾子"都保持警惕，他也会在你鼻尖儿底下把你的闺女骗走，叫她吃亏上当，自己却溜之大吉。姑娘呢，便一辈子身败名裂，要么待在家里嫁不出去，要么就继续操那可恶的营生。（用拳头击打自己额头）耶稣基督啊！

米勒太太 愿上帝发发慈悲，保佑我们！

米　勒 是需要上帝保佑。那么个花花公子还会安什么心！——姑娘生得漂亮——苗条——步履轻盈。至于脑顶下边有没有脑子，就无所谓了。一般人都不管你妇女脑子怎样，只有亲爱的上帝才没有忽视最根本的东西——一旦那轻浮少年把这方面的底细摸透了——嗨，瞧吧！他马上就会像我的罗德尼①嗅到了法国人似的心花怒放，立刻会挂起满帆，大胆发动攻击，不——不是我把他想得很坏。人总是人，这我不会不知道。

米勒太太　可你也该读读男爵少爷写给你女儿的那些信。上帝啊，真是甜蜜美妙极啦！他倾心的纯粹是她美好的心灵。

米　勒　唯其如此，更加糟糕！为了驱赶驴子，却鞭打袋子。要想向可爱的肉体致意，只得让美好的心灵当信使。我当初是怎么来着？只要先规规矩矩，做到心心相印！等火候一到，肉体便会呼啦一下，跟着也妍在一起！奴仆总是学老爷的样儿，银色的月亮说到底不过是个皮条匠。

米勒太太　你还是先看看少校先生拿到咱们家来的那些精美的书吧。你的女儿常常用它们做祷告哩。

米　勒　（吹了一下口哨）呸！祷告！你那吃惯了杏仁饼的肠胃太娇嫩，消受不了这自然的生炖牛肉汤——他必须让它在无聊文人的黑死病魔厨里再煨一煨。快将那些废物扔进火里去！天知道我闺女满脑袋都吸收了些什么荒谬绝伦的东西！它们将渗进她的血液，就像西班牙的蚊虫，把我这父亲勉勉强强还维系着的一点点基督精神也给冲散。扔进火里去，我说！那丫头会满脑袋魔鬼念头，会听信那些懒人乐园中的胡说八道，结果再也找不到回家的路，忘记了她父亲米勒是一个提琴师，以有我这样

---

① 罗德尼（Rodney，1719—1792），英国海军上将，以在西印度群岛的海战中歼灭法国舰队而名噪一时。

的父亲为耻。到头来，她将使我失去一个能干诚实的女婿，一个热心关照我的女婿……不！上帝惩罚我！（气急败坏地跳起来）一不做，二不休，我要叫那少校——是的是的，叫那少校明白，咱家不欢迎他这个客人。（准备出门去）

米勒太太　别胡来，米勒！光他送的礼物就值多少钱啊……

米　　勒　（走回来站在她面前）我女儿的卖身钱，是吗？——你给我见鬼去吧，不要脸的老鸨！——我宁肯带着我的提琴沿街乞讨，为换取一盆热汤而演奏；宁肯砸碎我的大提琴，把大粪灌进共鸣箱中，也不愿靠我独生女儿拿灵魂和幸福换来的钱养活——别再喝你那该死的咖啡，吸你那该死的鼻烟！这样，你就用不着到市集上去出卖你女儿的脸蛋。在那可恶的浑蛋闯进咱们家之前，我同样吃得饱饱的，穿得暖暖的。

米勒太太　只是别操之过急，莽莽撞撞。瞧你眼下真叫火冒三丈！我不过说，别去得罪少校先生，人家到底是宰相的公子。

米　　勒　问题就在这儿。正因此事情才必须在今天就解决。要是宰相是位好父亲，他一定会感谢我。快给我把红绒外套刷一刷，我要去谒见宰相大人。我要对大人说：您的公子看上了我的女儿，可小女不配做您公子的妻子；然而她又不能做公子的婊子，因为她是我的心肝宝贝！事情到此结束——在下的名字叫米勒。

第二场

秘书伍尔穆,前场人物。

米勒太太　哟,早上好,秘书先生。非常高兴又见到您!

伍尔穆　我也一样,我也一样,嫂夫人。你们有了贵人的眷顾,就再也瞧不上咱这样的小市民啰。

米勒太太　哪儿的话,秘书先生!封·瓦尔特少校先生的光临固然给了我们脸面,可我们也并不因此瞧不起任何人啊。

米　勒　(厌烦地)给先生搬椅子来,老婆子!要宽宽衣吗,老乡?

伍尔穆　(放下帽子和手杖,坐下来)好的!好的!她怎么样,我未来的——或者说过去的人儿?——我可不希望——我能见见她——见见露意丝小姐吗?

米勒太太　多谢您问起她,我的女儿可是一点儿都不高傲。

米　勒　(生气地用胳膊撞自己的妻子)老婆子!

米勒太太　遗憾的只是,她没有见到秘书先生您的荣幸。她正好赶弥撒去了,我的女儿。

伍尔穆　我很高兴,我很高兴。她有朝一日会成为我笃信基督的好太太。

米勒太太　(愚蠢而傲慢地一笑)是啰是啰——不过呢,秘书先生——

米　勒　(显然十分尴尬,拧了拧妻子的耳朵)你!

米勒太太　可是——正如秘书先生您将亲眼见到的……

米　勒　（极其生气地撞了老婆的臀部一下）蠢婆娘！

米勒太太　好就是好，更好就是更好；对自己的独生闺女，谁又会挡她的道，不让她获得幸福呢？（愚蠢而骄傲地）但愿您将来别记恨我才好，秘书先生！

伍尔穆　（不安地在圈椅里扭来扭去，一会儿搔搔耳朵，一会儿扯扯衬衫袖头和胸前的皱襞）记恨？哪儿的话？——对了——您到底是什么意思？

米勒太太　喽——喽——我只是想——我是说，（咳嗽了两声）亲爱的上帝偏偏要让咱闺女成为一位贵夫人，所以您……

伍尔穆　（从圈椅中一跃而起）您在说什么？什么？

米　勒　请坐下，请别激动，秘书先生。这婆娘是头蠢猪。哪儿会有什么贵夫人？胡说八道，愚蠢透顶！

米勒太太　你爱怎么骂怎么骂吧。我知道的，反正知道；而少校先生说过的话，反正已经说过。

米　勒　（气急败坏，奔过去抓他的提琴）看你还不住嘴？是想让我拿琴揍你脑袋不成？——你能知道什么？他能说什么？别信她胡扯，秘书先生——滚，回你的厨房去！——别当我是个大傻瓜，以为我会指望着靠女儿出人头地！您不会这样想我，对吧，秘书先生？

伍尔穆　我也没资格品评您，乐师先生。您在我眼中始终是个讲信誉的人，而我对令爱提出的请求也是完全算数的。我有一份足以养家活口的差事；宰相挺器重我，如果我想升迁，是不会缺少举荐的。您也看见了，我对露意丝小姐诚心诚意，要是她不让一个纨绔公子搞得晕头转向……

米勒太太　伍尔穆秘书先生！我想请您尊重……

米　勒　你给我住嘴，我说！——请别介意，秘书先生。还是老样子，去年秋天我对您说过的话，今儿个我可以重复一遍。不过我不想强迫我的女儿。去亲近她吧，好好儿地——让她看出和您在一起会得到幸福。要是她摇头——那更好——以主的名义我想说——要那样，您只好认了，只好来和她的父亲喝上几杯——不得不和您一起过日子的是姑娘——不是我——干吗我要固执己见，硬把一个不合她口味的男人塞给她，成为她的累赘呢？——这么做了，我在自己垂暮之年将没脸见人，将坐卧不安，饮食无味，仿佛时时刻刻都有人在骂我：你这个坏蛋，是你毁了自己的孩子！

米勒太太　废话少说——我绝对不会同意；咱闺女生来就是富贵命；要是我丈夫让人说昏了头，我就找法院去。

米　勒　贫嘴婆娘，看我不捶断你的腿！

伍尔穆　（对乐师夫妇）在女儿眼中，父亲的意见非常重要，但愿您会了解我，米勒先生！

米　勒　倒了邪霉！必须了解您的是姑娘。我这个吹毛求疵的老头子看得起的，恰恰不会对年轻的馋嘴小姐的口味。我能够准确无误地告诉您，你是否适合当一名乐队队员——可即使对一位乐队指挥来说,女人家的心眼儿也太尖太细。而且实话实说,老乡——咱是个粗鲁的直肠子德国人——我的意见到头来很难得到您的感谢。我不会劝我女儿嫁给任何人——我却要劝她别嫁给您,秘书先生。请让我说完。一个缠着女方父亲帮忙的求婚者——请允许我说——我不相信会有任何出息。否则,他就会羞于走这种老路,而径直去向自己心上人表白的。他要是没有勇气这样做,那他就是一个胆小鬼;而一个胆小鬼就甭想得到什么露意丝!——是的,他必须背着父亲去追求女儿。他必须使得姑娘心甘情愿让父母见鬼去也不肯失去他——或者使她自己跑来跪在父亲膝下,苦苦哀求父亲:要么让她服毒自杀,要么同意她嫁给自己唯一的心上人——这样,我才称他是好样儿的!这才叫作爱情!——谁要不能叫女人痴心到这个程度,谁就只好抱着鹅毛管打盹儿去。

伍尔穆 (拿起帽子和手杖,走出房门)多谢了,米勒先生。

米 勒 (慢慢跟着他)谢什么呢?谢什么呢?您可是一点儿便宜没得着啊,秘书先生。(回到房中)他什么也没听明白,他走了——可我一见这个耍笔杆的家伙,就像吞了毒药和砒霜似的浑身不自在。他是那样阴阳怪气,令人厌恶,活像是某个走私客从地狱里偷带进上帝的世界里来的——一双细眯眯、贼溜溜的老鼠眼——头发火红火红——腮帮子向前伸得老长,就像造物主出了一件废品，一生气将这个坏蛋扔到世界的某个角落里来了似的——不！要我把女儿送给这样一个恶棍，我宁肯让她——上帝饶恕我……

米勒太太 （恶狠狠地啐了一口唾沫）这条狗！——不过呢，你也别在那儿不干不净地骂啦。

米　　勒　还有你，也别再对我提你那瘟神少爷——刚才你已叫我气得要死——本该你，上帝保佑，机灵一点的时候你却格外愚蠢。胡扯一通贵夫人啊，你的女儿啊，究竟有什么意思？他在我看来是只狐狸。你只要对他提提这种事，保管明天就会传得满城风雨。他正是这么个成天走东家串西家、对什么都说长道短的角色，你一不小心漏出一句怪话——得！马上公爵、公爵夫人和宰相全知道啦，叫你吃不了兜着走。

第三场

露意丝·米勒上，手里捧着一本书。前场人物。

露意丝　（放下书，走到乐师面前，握着他的手）早上好，亲爱的爸爸。

米　　勒　（亲热地）乖，我的露意丝——我很高兴，你经常想着创造你的主。坚持下去吧，他会扶助你的。

露意丝　呵，我是个罪孽深重的女子，爸爸。他来过了吗，妈妈？

米勒太太　谁呀,孩子?

露意丝　唉!我忘了除去他还有别人——我的脑子全乱了——他没来过吗,瓦尔特?

米　勒　(伤心而严肃地)我原以为,我的露意丝已经把这个姓氏遗忘在了教堂里!

露意丝　(呆呆地望着他好一会儿,然后说)我理解你,爸爸——感觉得到你戳进我良心的那把刀子;可是已经晚了——我再也不能专心地祷告,爸爸——上天和斐迪南从两边撕扯我流血的灵魂,我害怕呀——我害怕——(停了一停)可是不,我的好爸爸。如果我们由于欣赏一幅画而忽视了画家,那他定会觉得是对他的最高赞美——现在我因为喜爱上帝的杰作而忽视了上帝本身,爸爸你说,难道不同样令他高兴吗?

米　勒　(不快地一屁股坐进圈椅)瞧吧,瞧吧!这就是读那些不敬上帝的书的结果。

露意丝　(不快地走向窗口)他这会儿会在哪里呢?看着他——听着他谈话的,都是些高贵的小姐,——我,一个贫贱的女孩,被他遗忘了。(说到这儿吓了一跳,赶紧奔向她父亲)可是不!不!原谅我!我不为自己的命运哭泣。我只是愿意有时——想一想他——这不用付出任何代价。我的卑微的生命——我想把它变作一缕宜人的清风,吹送到他脸上,使他感到凉爽!——我这青春的小花儿——就算小得如一朵紫罗兰,我也希望他踩上去,

>　　我愿卑微地在他的脚下死掉！这样我已经满足了，爸爸。高傲、威严的太阳是不会惩罚蚊虫的，如果它仅仅是在阳光中获取温暖！

米　　勒　（感动地俯身在圈椅扶手上，手蒙着面孔）听我说，露意丝——我的这点残余的岁月，我真愿意将它舍去啊，要是你从来不曾见过那个少校。

露意丝　（惊恐地）他说什么？他说什么？——不！他不是这个意思，我的好爸爸。他不会知道，斐迪南是我的，生来就是我的，是慈爱的天父为了使我快乐而创造的。（伫立沉思）当我第一次见到他——（加快语速）热血便涌上我的脸颊，我的所有血管都流动得更加欢畅，每一次脉搏的跳动都在说，每一下呼吸都在低语：是他，就是他！——我的心也认出了它渴慕已久的人，向我证实就是他！而周围的整个世界似乎都在同声欢呼和共鸣。那一瞬——呵，那一瞬我的灵魂中出现了第一个清晨。千万种青春的情感从心里涌出，像春来时大地百花怒放。世界从我眼前消失了，可我却意识到，世界从来没有像现在这样美好。我不知道还有上帝，可从来没有像现在这样热爱上帝。

米　　勒　（奔向露意丝，把她抱在胸前）露意丝——宝贝儿——好孩子——把我这老朽的头颅拿去吧——把我的一切——一切一切全拿去吧！——可那位少校——上帝做证——我永远不能给你！（下）

露意丝 我现在也不指望得到他呵,父亲。我的生命有如一滴朝露——一个关于斐迪南的梦想就已将它饮尽。今生今世我甘愿失去他。可是将来,妈妈——将来啊,当等级差别的篱笆垮掉以后——当出身微贱的皮壳从我们身上剥落以后——人又纯粹是人——我除去自己的纯洁清白之外一无所有,可父亲不是经常讲吗,当上帝到来之时,金银首饰和显贵头衔将一钱不值,而心会受到珍视。那时候,我将变得十分富有。那时候,眼泪将成为胜利的标志,美好的思想将取代高贵的门第。那时候,我也变得高贵了,妈妈——那时候,他还有什么高过他的姑娘之处呢?

米勒太太 (急匆匆站起身)露意丝!少校来啦!他跳过了篱笆!叫我藏到哪儿才好哟!

露意丝 (开始战栗起来)别,妈妈。你留下。

米勒太太 我的上帝!瞧我这副模样!我一定会羞死了的。我不能在少爷面前丢人现眼。(下)

第四场

斐迪南·封·瓦尔特。露意丝。
他飞跑向她——她面色苍白地瘫倒在圈椅上——他站在她面前——他与她四目相对,默默无言地过了一会儿。

斐迪南　你脸色怎么这样苍白，露意丝？

露意丝　（站起来，扑进他怀里，搂住他的脖子）没什么。没什么。你来了一切都好了。

斐迪南　（捧起她的手亲吻）可我的露意丝还爱我吗？我的心仍然和昨天一样。你的心也是这样的吗？我迫不及待地跑来，只是想看看你是不是高兴，然后也高高兴兴地离开——可你并不高兴！

露意丝　不，不，亲爱的。

斐迪南　我的双眼告诉我，你真的不高兴。我能像看透这颗清亮如水的钻石一般看透你的心。（指了指手上的戒指）这里没有任何一点小气泡我看不见——你脸上流露出来的任何心事，同样逃不过我的眼睛。你怎么啦？快告诉我！我只要看见你这面镜子没有尘埃，整个世界对于我便晴空万里。到底什么事叫你烦恼啊？

露意丝　（默默地、意味深长地注视了他一会儿，然后伤感地）斐迪南啊斐迪南！要是你也理解，在我们的语言中，所谓市民少女的含义多么奇妙……

斐迪南　什么意思？（迷惑不解）姑娘！听我说！你怎么想到这个！——你是我的露意丝。谁告诉你说，你还是别的什么来着？你看看，你这虚情假意的人儿，你竟这样给我泼冷水！要是你全心全意地爱我，哪来时间去琢磨那些事？我呢，一到你身旁，整个理智都融化为了对你的注视，一离开你又化作对你的梦想——可你在爱我的同时还能头脑清醒？——你真该害羞！你为那些想法而苦闷的一分一秒，都是对你年轻爱人的剥夺和背叛！

露意丝 （抓住他的手，摇着头）你想诳我，斐迪南——你想把我的目光从我必定会掉下去的深渊边沿引开。我看见了我的未来——荣誉的呼唤——你的前程——你的父亲——我的一无所有。（惊恐地，将他的手丢开）斐迪南！你我头顶上悬着一把剑！——他们一定会拆散咱们俩！

斐迪南 拆散我俩！（跳起身来）你从哪儿来的这种预感，露意丝？拆散我俩！——谁有能耐拆散两颗联结在一起的心？拆散两根琴弦发出的共鸣？——我是一个贵族——可咱们倒要看一看，我的封爵文书是否比天地长久？我的贵族族徽是否比露意丝眼里的纹章更加有力量？这纹章表示的是：这个女子注定将属于这个男人！——我是宰相的儿子。正因为如此，除去你的爱情，又有什么能抵消我父亲掠夺来的财产将遗传给我的诅咒？

露意丝 我真畏惧他哟——你那父亲！

斐迪南 我什么也不畏惧——什么也不害怕——只怕你的爱情有了限度。让我俩之间阻隔着崇山峻岭好啦，我将像登楼梯一般攀越它们，飞进我露意丝的怀抱。厄运的风暴只会鼓起我感情之帆，危难只会使我的露意丝更加妩媚迷人。——我说，亲爱的，什么也别害怕。我——我愿亲自守护着你，就像魔龙守护着地下的宝藏——信赖我吧。你不再需要守护天使——我愿置身于你和命运之间——承受你的一切伤痛——为你搜集快乐之杯的一点一滴,然后用爱情的金盏盛着奉献给你。(温柔地搂着她)这条胳膊将支撑我的露意丝走完人生旅程;当上帝在迎接她时,将发现她比离开时更加美丽,因而惊叹塑造灵魂的工作最后只能由爱情来完成……

露意丝 (推开他,异常激动)别说啦!我求求你,别说啦!——要是你知道——别折磨我——我不知道,你的这些希望如何像箭一样刺痛我的心。(想走开)

斐迪南 (拉住她)露意丝!怎么啦?怎么回事?干吗突然这样?

露意丝 我原本忘掉了这样的梦想,生活得幸福、宁静。——可现在!可现在!——从今以后——我生活的平静失去了。——胸中将不断骚动着——我知道——种种的痴心妄想。——走吧——上帝宽恕你!——你在我宁静的年轻心房中扔了一把火,它永远永远不会熄灭。(冲出房去。斐迪南无言地追赶。)

第五场

宰相家的大厅

宰相颈上挂着枚十字勋章,勋章旁边还有一颗星,和秘书伍尔穆一同上场。

宰　相 迷上了一个姑娘!我的儿子?——不,伍尔穆你永远别想让我相信。

伍尔穆　请大人恩准我提供证据。

宰　相　要说他向一个市民的小姐献献殷勤——说些奉承话——甚至胡诌什么情呀爱呀的——这些事情在我看来通通可能——通通可以原谅——不过呢——竟然是一名吹鼓手的女儿，你说？

伍尔穆　是乐师米勒的闺女。

宰　相　模样儿俊吗？——那还用问。

伍尔穆　（提起了劲头儿）标准的金发美人，毫不夸大地说，即使排在宫里的佳丽队伍中，仍然出众超群。

宰　相　（笑）你告诉我，伍尔穆——你显然看上了这个妞儿，我断定。——可你瞧，我亲爱的伍尔穆——如果说我儿子也对姑娘有好感，那就让我产生了一个希望：夫人小姐们将不会因此嫌弃他，他在宫里原本是有所作为的。你说那姑娘很美，这使我为我儿子高兴，他眼力不错嘛。他在傻丫头面前表现得很真诚？那就更好嘛——我看，这说明他足够机灵，可以拿谎话换得实惠，是块当宰相的材料。他甚至得手了？妙极妙极！这说明他交了桃花运。——闹剧竟然以一个健康的小孙儿收场——那更妙得无与伦比！那我便要为我家庭的兴旺发达再喝一瓶西班牙甜酒，并且替他的婊子代缴风化罚金。

伍尔穆　我唯一的希望是，大人，您不会为了消愁解闷，才不得不喝这瓶甜酒。

宰　　相　（严肃地）伍尔穆，你放明白点，我一旦相信什么，就会相信到底；一旦生起气来，就会暴跳如雷——你企图煽动我，我却拿它寻开心。你意在摆脱你争风吃醋的对手，对此我深信不疑。你想从姑娘身边挤走我的儿子却力不从心，就打算拿我这个老子当苍蝇拍使，这我也觉得可以理解——你出手不凡，将来定会成为一个大无赖，这甚至令我不胜欣喜——只是呢，我亲爱的伍尔穆，你千万别妄想连我也算计进去。——只是呢，你了解我，千万别把你的阴谋诡计搞得来破坏了我的基本准则。

伍尔穆　大人原谅。即使真的——如您所疑心的那样——在这里存在着吃醋的问题，那充其量也只是用到了眼睛，还没轮上舌头。

宰　　相　我倒认为完全可以不吃醋。你这个傻蛋，你从铸币厂得到金币，或者从银行里得到金币，这两者难道有什么区别吗？你只要想想此地的贵族老爷们，你便会心安理得啦：有意也罢，无意也罢——在我们这儿举行的每一次婚礼上，至少总有半打以上的男宾——或者侍从——是对新郎的乐园的几何尺寸了如指掌的。

伍尔穆　（鞠了一躬）在这点上，大人，我宁肯做个平民。

宰　　相　不过，现在我要让你高高兴兴，给你一个反击情敌的绝好机会。正是目前，为了迎接新公爵夫人的到来，内阁正筹划安排弥尔芙特夫人假意离开，并且让她新结一门亲事，以便把事情办得毫无破绽。你知道，伍尔穆，我的声望在多大程度上仰仗夫人的垂青——我的权势如何受到公爵的情绪影响。他正在为弥尔芙特寻找新的搭档。也有别人可能去应征——去做这笔交易，通过夫人博取公爵的信任，变成他无法离开的宠幸——是的，为使公爵仍然留在我家族的网中，我要让斐迪南去娶弥尔芙特……你明白了吗？

伍尔穆 　我豁然开朗、眼花缭乱……宰相大人至少向我证明，他当父亲只是位新手。要是斐迪南以牙还牙，像您做他慈爱的父亲似的做您孝顺的儿子，那就会违抗您的要求，外加提出抗议。

宰　相 　所幸我从来还不曾担心过什么计划不能实现，只要我认为：就该这么办！——喏，你瞧，伍尔穆，我们又回到先前的话题上来啦。今天上午我就要向我儿子宣布他订婚的事。他的表情要么证实有道理，要么将疑虑一笔勾销。

伍尔穆 　大人，请您原谅我多嘴。令郎肯定不会对您有好脸色的，这既要怪您准备从他怀中夺走的那个丫头，也要怪您决定配给他的这位未婚妻。我求您做一次结论更明确的试验。您不妨选国内最清白无瑕的女孩做他的对象，他要说一声好，那我伍尔穆这个秘书甘愿去锤三年石头子儿。

宰　相 　（咬着嘴唇）魔鬼！

伍尔穆 　情况就是这样。那女孩的母亲——一个地道的蠢婆娘——傻里傻气地全给我叨叨了出来。

宰　相 　（踱来踱去，强忍怒火）对！就在今天上午。

伍尔穆　大人只是别忘记了，少校是——我恩主您的公子。

宰　相　注意别伤害他就是了，伍尔穆。

伍尔穆　我将尽力效劳，帮大人摆脱一个讨厌的儿媳……

宰　相　我将报答你，帮你讨一个称心如意的妻子，是吗？——行啊，伍尔穆。

伍尔穆　（得意地鞠躬）永远是您的仆从，大人。（准备离开）

宰　相　刚才我对你讲的是心腹话，伍尔穆——（威胁地）你要讲出去了……

伍尔穆　（笑）那大人就兜出我伪造文书的事。（离去）

宰　相　你确实攥在咱手心里。我抓住你的把柄，就像抓住拴甲壳虫的线。

内　侍　（走进来）侍卫长封·卡尔勃大人到……

宰　相　来得正好。——请他进来。（内侍下）

第六场

宫廷侍卫长封·卡尔勃和宰相。

前者身着华丽而俗气的朝服，背上搭着象征他职务的金钥匙，胸前挂着两只表，腰挎一柄长剑，肋下夹着平顶帽，头发梳理成了所谓刺猬式。他大声喊着奔向宰相，身上散发的麝香味弥漫了整个大厅。

侍卫长　（拥抱宰相）啊，早安，亲爱的！休息得好吗？睡得好吗？——原谅我这么晚才来请安——公务紧急——厨房要的菜单——请帖——安排今儿个的雪橇郊游——唉——接着还得去殿下卧室上早朝，向他报告今儿个的天气。

宰　　相　是的，侍卫长。这么一来，您当然分不开身啦。

侍卫长　这还不算，那个混账裁缝还拖住我。

宰　　相　可到底彻底解决了吧？

侍卫长　事情还没完——今天真叫倒霉事一件接着一件。您听听！

宰　　相　（心不在焉）哪能呢？

侍卫长　您听着好啦。我刚跨下车，那些马就惊了，又是跳又是蹬，溅得——我请您想想！——我两条腿上全是烂泥浆。怎么办啊？请看在上帝的分儿上设身处地为我想一想，男爵。我束手无策。时间这么晚了。事关一天的旅行——而这副德性去见殿下！上帝主持公道！——您猜我想起了什么？——您猜我想起了什么？我假装晕倒了。仆人们急急忙忙把我抬进马车。我这才十万火急地赶回家——换好了衣服——再往回赶——您说怎么着？——仍然第一个出现在谒见厅里——您看怎么样？

宰　　相　真是急中生智，大智大慧——可先别谈这个，卡尔勃——您和公爵谈过了吗？

侍卫长　（洋洋得意地）谈了二十分零三十秒钟。

宰　　相　我说哩！——这么说，毫无疑问您给我带来了重要消息啰？

侍卫长　（先沉吟一会儿，煞有介事地）殿下今儿个穿了一件鹅黄色的海狸皮袍子。

宰　相　我看哪——不，侍卫长，我今天可以告诉您一件更好的消息——弥尔芙特夫人要成为封·瓦尔特夫人啦，对您这肯定算得上新闻吧？

侍卫长　真的！——已经定了吗？

宰　相　千真万确，侍卫长——我想劳您驾马上去见弥尔芙特夫人，让她准备好接待少校去拜访，并且把斐迪南的决定在整个京城公布出去。

侍卫长　（兴奋地）呵，非常乐意，亲爱的。——对我来说再好不过！——我火速赶去——（拥抱宰相）再见——不出三刻钟，全城都会传开的。（跳跳蹦蹦地出去了）

宰　相　（望着侍卫长的背影笑起来）还说什么世界上的这种人是废物！——瞧着吧，要么斐迪南乖乖地同意，要么就不得不怪全城的人都在撒谎。（按铃。伍尔穆走进来）叫我儿子来一下。（伍尔穆下。宰相在厅里走来走去，心事重重）

第七场

斐迪南。宰相。伍尔穆上场后立刻又退下。

斐迪南　您找我，父亲大人……

宰　相　为了有朝一日我能为我的儿子感到荣幸，我不得不叫你来——让我们单独待一会儿吧，伍尔穆！——斐迪南，我已经观察了你好长时间，发现你已不再是一个令我欣喜的开朗快活的青年。你脸上隐隐流露出一种异样的苦闷——你躲着我——躲着你的朋友们——呸！像你这个年龄，我宁可原谅你十次放荡无羁，也不愿看见你一次这么忧心忡忡的样子。把你的苦闷告诉我，亲爱的孩子！让我为你谋幸福，照着我的话去做，别东想西想。——来，拥抱我，斐迪南！

斐迪南　您今天很慈蔼，爸爸。

宰　相　今天？你这坏小子！——而且在说出这两个字时还酸溜溜的！（严肃地）斐迪南啊斐迪南！——为了谁我踏上了成为公爵心腹的危险之路？为了谁我昧了天理和良心，永远地？——听着，斐迪南——我是同我的儿子讲话——我除掉了我的前任，又是为谁铺平道路？——这段历史像刀一样刺着我的心，我越是想对世人隐藏真相，它越刺得我鲜血淋漓。听着，告诉我，斐迪南，我干这一切都是为了谁啊？

斐迪南　（吓得倒退一步）该不是为我吧，父亲？这一罪行的血红反光，该不会落在我的头上吧？万能的天主在上，我宁肯没生出来，也别成为这种罪行的借口才好！

宰　相　这是什么话？什么话？算啦！原谅你这个满脑袋浪漫想法的傻瓜——斐迪南——爸爸不生你的气，你这自以为是的小家伙——你就是这样报答我那许许多多的不眠之夜吗？就这样报答我无尽的忧虑关怀和我良心的永恒刺痛吗？——罪责我来承担——法庭的审判和惩罚我来忍受——你获得的是第二手的幸福——罪孽不会附着在遗产上面。

斐迪南 （朝天举起右手）我在此起誓，决不继承只会叫我想起一个可耻的父亲的遗产。

宰　相 听着，年轻人，别激怒我！——要按你的想法行事，你一辈子只能在地上爬行。

斐迪南 噢，那也不错，父亲，那毕竟比围着王侯的宝座爬来爬去要好。

宰　相 （强压住怒火）哼！——必须强迫你认识自己的幸福所在。许多别的人千辛万苦也休想爬上去的位置，你玩儿似的糊里糊涂便给捧上去了。你十二岁当上见习士官，二十岁当上少校，这些都是我在公爵面前争取的结果。你将来会脱下军装，进入部里。公爵已提到过枢密顾问——驻外使节——特别的恩宠什么的。在你眼前正展示着美好的前程——一条平坦的大道直通公爵的宝座——直通与权力本身一样有价值的权力的象征——这，难道不令你鼓舞、神往吗？

斐迪南 不，因为我对伟大和幸福的理解与您不完全相同——您的幸福，很少不以毁灭为表现。嫉妒、恐惧、怨恨是一面面可悲的镜子，显赫的王侯便对着这样的镜子微笑。眼泪、诅咒、绝望是可怕的筵席，供众所称赞的有福之人尽情享受；当他们喝得醉醺醺地站起来时，就该跟跟跄跄地去上帝的宝座前接受审判，万劫不复啦！——我关于幸福的理想，是知足而自我克制的。我的所有愿望，都埋藏在我的心中。

宰　相　了不起！没说的！妙极了！三十年来第一次聆听教导！——可惜啊，我五十岁了，脑袋已经顽固得再也学不进去！——对啦——为了不埋没你这罕有的才能，我要在你身边放上一个人，和她在一起，你可以尽情地发挥你那些稀奇古怪的狂想——你得下决心——今天就下决心——娶一个妻子。

斐迪南　（惊愕，后退）爸爸？

宰　相　别客气——我已经以你的名义给弥尔芙特夫人送了帖子。务必劳驾你过去告诉她，你是她未来的丈夫。

斐迪南　告诉弥尔芙特？爸爸！

宰　相　如果你认识她……

斐迪南　（失去了自持）好个在公国中万人唾弃的女人！——可是我大概十分可笑，爸爸，竟把您一时的气话当了真？您未必愿做一个无赖儿子的父亲，他竟娶了一个有权有势的婊子？

宰　相　岂止愿意。她要肯嫁一个五十岁的老头，我自己还会去向她求婚哩——难道你就不肯做这无赖父亲的儿子不成？

斐迪南　不！只要还有上帝！

宰　相　放肆之极，我敢担保！只因为太少见，我不见怪……

斐迪南　求求您，爸爸！别再让我惶惑、难受，不清楚我是否还能称自己是您儿子。

宰　相　孩子，别傻气啦！与自己的国君在某个地方交换角色，哪个聪明人不渴求获取这份殊荣呢？

斐迪南　您对我真成了一个谜，爸爸。您竟把与公爵一起分享低贱下流的乐趣，称作殊荣？

宰　相　（放声大笑）

斐迪南　您笑吧，爸爸，我不计较。可真那样做了，叫我有何脸面去见一个哪怕最低贱的工匠？——他在娶老婆时至少有她完整的身体作为陪嫁。叫我有何脸面去见世人？去见公爵？去见那个将用我的耻辱来洗刷她名誉污点的姘妇本人？

宰　相　你从哪儿学来这张利嘴的啊，孩子？

斐迪南　我当着您对天发誓，爸爸！您这样抛弃您的儿子，自己并不能得到幸福，而只会使他不幸。我愿意把生命交给您，如果它能帮您高升。我的生命来自于您；我将毫不犹豫地为了您的飞黄腾达而牺牲生命。可我的荣誉，爸爸——如果您想把我的荣誉夺走，那您给予我生命就是一桩轻率的无赖行径，那我就只能诅咒您，骂您是个拉皮条的。

宰　相　（拍了拍儿子的肩膀，慈蔼地）好样儿的，亲爱的孩子。现在我知道了，你是个十足的男子汉，配得上公国内最有德行的女人——她应该属于你——今天上午，你就去和奥斯特海姆女伯爵订婚吧。

斐迪南　（又一次感到惊愕）怎么，这个时辰注定要完全毁了我吗？

宰　相　（窥视着儿子）但愿你的荣誉再没什么好反对的！

斐迪南　不，爸爸！弗莉德里克·封·奥斯特海姆可以使任何别的男人无比幸福。（极度迷惘地自言自语）在我心中尚未被他的狠毒破坏的一点点东西，正被他的好意扯得粉碎。

宰　相　（始终目不转睛地盯着儿子）我等着你感谢我喽，斐迪南——

斐迪南　（扑上去热烈地吻他的手）爸爸！您的恩情令我万分感动——爸爸！我最衷心地感谢您的关怀——您的选择完美无缺——可是——我不能——我不该——原谅我吧——我不能爱女伯爵。

宰　相　（倒退一步）哈哈！这下算逮住你啦，少爷！你中了圈套，狡猾的伪君子——这就是说，并非荣誉阻止你娶弥尔芙特夫人喽？——你厌恶的不是人，而是结婚本身喽？

斐迪南　（先呆若木鸡，一会儿以后清醒过来，准备跑出去）

宰　相　去哪儿？站住！这就是你对我该有的尊重吗？（少校退了回来）已经通知夫人你要去了。我答应过公爵。宫里城里尽人皆知。你要是把我变成个说谎者——听着，孩子——或者让我发现了你的那些事情……等一等！哈哈！你的脸上怎么一下子黯淡无光，失去红润了呢？

斐迪南　（脸色苍白，浑身颤抖）什么？什么？没有的事儿，爸爸！

宰　相　（目光凶狠地盯着儿子）可要是有什么——要是让我发现了你这么不听劝告的原因在哪里——哼，孩子，就算纯属怀疑也会叫我气疯的。先去吧！检阅马上开始了。一喊解散你就得去夫人那儿——我要生了气，整个公国都会打哆嗦。让咱们瞧瞧，我是否对一个顽固脑袋儿子毫无办法。（走出去又转回来）孩子，我告诉你，你必须去，要不就躲开我，躲开你愤怒的父亲！（下）

斐迪南　（恍若噩梦初醒）他走啦？那是一位父亲的声音吗？——是的！我愿去夫人那儿——愿意去——去告诉她一些事情，给她看一面镜子，这下流无耻的女人！——在这之后，如果她还要求嫁给我——当着全体贵族、军官和民众的面——用你英格兰的全部骄傲束紧你的腰——我，一个德意志青年，还是要唾弃你！（匆匆跑出去）

第二幕

弥尔芙特夫人府里的大厅。右边摆着一张沙发,左边立着一架大钢琴。

第一场

弥尔芙特夫人穿着宽松而迷人的晨衣,头发未经梳理,坐在钢琴面前出神;使女索菲从窗前走回房中。

索　菲　军官正好解散。检阅结束了——可我还没看见瓦尔特。

夫　人　(十分不安,站起来,走过大厅)我不知道今天怎么啦,索菲——我从来没有这样过啊!——你说你压根儿没看见他?——当然当然——他用不着着急——我胸口憋闷得就像做了亏心事——去,索菲,让人把马厩里最野的那匹马给我牵来——我得去野外——去见一见人,看一看蓝天,痛痛快快跑一跑,好让心头轻松一点。

索　菲　您要感觉不舒服,夫人,那就请朋友来聚会吧。让公爵在这儿开宴会，或者把玩纸牌的桌子搬到您沙发跟前。要是公爵和他的整个宫廷都听我调遣，我干吗还闷闷不乐呢？

夫　人　（猛然坐到沙发上）我求你，别再烦我。只要你让我清静，我愿每个钟头赏你一枚金刚钻！竟要我让那些家伙来装点我的房子？——这是些卑贱、可怜的人，每当我脱口说出一句热诚的心里话，他们便张大嘴巴和鼻孔，傻愣愣地像见了幽灵似的——全都是拴在一条线上的木偶，操纵起来比我钩花边还容易。这种人的心跳得跟他们的怀表一样四平八稳，我与他们有什么交道好打啊？我预先便知道他们会回答我什么，我哪儿还有兴致向他们提出问题呢？他们连发表与我不同的意见的胆量都没有，我怎么会乐意与他们交谈呢？——去他们的吧！一匹连缰绳都不敢咬的马，骑起来可真没劲儿！（踱到窗前）

索　菲　可公爵您该觉得是个例外吧，夫人？整个公国最美的男子——最热烈的情人——最机智的头脑！

夫　人　（从窗前踱回来）因为这是他的国家——而只有这个公国，索菲，对于我的口味来说还可成为差强人意的借口——你说人家羡慕我？可怜的东西！他们应该同情我才是。在所有吸吮殿下乳汁的人中间，情妇是最可悲的一个，因为只有她知道这个显赫而豪富的人其实不过是个叫花子——不错，他可以用他权力的灵符唤起我心头的种种欲望，就像从地里唤出一座仙女的宫殿。他可以把两个印度人的血浆摆上我的筵席——可以叫荒野出现乐园——可以使他国中的泉水喷上天空，划出骄傲的弧形，或者将他的臣仆的骨髓变成烟火，燃放到空中去——可他也能命令他的心，在一颗博大而火热的心面前，同样博大而火热地跳动么？他能强令他那平庸的脑子，哪怕认同唯一一种美好的感情么？——我尽管感官享受充足，心却忍受着饥渴。在一个我不得不窒息激情的地方，千百种情感对我又有什么用处？

索　菲　（惊异地望着弥尔芙特）我伺候您多久了啊，夫人？

夫　人　你今天才认识我吗？——不错，亲爱的索菲——我把自己的荣誉出卖给了公爵，不过我的心仍然是自由的——这颗心，好妹妹，也许还配得到一个男人的爱——宫廷的毒雾拂过它，只不过如明镜上哈了一口气——相信我，亲爱的，要不是虚荣心阻止我将宫中第一夫人的位置让出去，我早就不会听任这位寒酸的公爵的摆布啦。

索　菲　您的心就这么甘愿做虚荣的奴隶么？

夫　人　（激动地）已经受到了惩罚，不是吗？——现在还在受惩罚，是不是？——索菲哟！（意味深长地，手抚着索菲的肩膀）我们女人只能在统治与效忠之间进行选择；可是执掌权力的最大乐趣，也只不过是一种可怜的补偿，我们失去了更大的快乐——成为一个我们所钟爱的男子的奴仆的快乐。

索　菲　千真万确的真理，夫人，可我极不情愿听您说出来。

夫　　人　为什么呢，索菲？难道从这执掌权杖的幼稚举动，不能看出我们只配去牵小儿学步的带子吗？难道你看不出这任性的轻浮，这种种粗野的享乐，只不过是为了掩盖我胸中更加狂暴的欲望吗？

索　　菲　（吃惊地后退一步）夫人！

夫　　人　（更兴奋地）满足这些欲望吧！把我所想念的——所祈求的男子给我吧！索菲——我要么为他而死，要么占有他。（神往地）让我从他嘴里听到，我们眼里爱情的泪水比我们发间的珠宝更加晶莹，更加美丽，（狂热地）我将把公爵的心连同他的公国掷于他的脚下，同他——同我钟爱的男子一起逃跑，逃到世界最偏远的沙漠里去……

索　　菲　（惊恐地望着弥尔芙特）天哪！您在说些什么？您怎么啦，夫人？

夫　　人　（愕然）干吗脸色苍白？——我说得也许过了头？——噢，那就让我把你的舌头和我的信任捆在一起吧——我还要对你说更多——对你说出一切——

索　　菲　（畏葸地环顾四周）我害怕，夫人——我害怕——我不需要再听。

夫　　人　让我与少校结合——你和世人全犯了傻，以为那是宫廷里司空见惯的阴谋——索菲——别脸红——别为我害臊——那是我的爱情的——杰作。

索　　菲　上帝做证！我早有预感！

夫　人　他们让我说动了，索菲——那软弱的公爵——那圆滑的宰相——那愚蠢的侍卫长——他们一个个赌咒发誓，说这场婚事是为公爵保住我的万无一失的手段，它将使我和公爵的结合更加紧密牢固。——呸！将把它永远分开！将使我永远挣脱这可耻的锁链！——这帮受了骗的骗子！竟让一个弱女子给蒙了！——是你们自己把我的心上人送到了我面前。这我真叫求之不得啊——只要我一得到他——得到他——呵，永远永远滚开吧，可恶的荣华——

第二场

公爵的一名老侍从捧着首饰匣。

前场人物。

侍　从　公爵殿下向夫人致意，派我送来这些钻石作为您结婚的礼物。它们刚从威尼斯运到这里。

夫　人　（揭开首饰匣，惊讶得往后退去）天哪！公爵为这些宝石花了多少钱？

侍　从　（脸色阴沉地）没花他一个子儿。

夫　人　什么？你疯了吗？没花一个子儿？——瞧你（从老人身边后退了一步）——怎么这样瞪着我，好像要看穿我似的！——这些无价之宝没花他一个子儿？

侍　从　昨天，又有七千子弟出发去了美洲①——他们偿付了一切。

夫　人　（突然放下首饰匣，疾步穿过大厅，一会儿又回到侍从跟前）喂，你怎么啦？我看，你在哭？

侍　从　（擦干眼泪，浑身战栗，嗓音凄惨）这里的宝石——我也有几个儿子跟着去了。

夫　人　（一怔，转开脸，握住老人的手）总不会有谁是被迫的吧？

侍　从　（狂笑）呵，上帝——不——全都心甘情愿！当时有那么几个多嘴的小伙子走出队列，问上校，公爵卖他们出去定价多少钱一个？——谁知咱们仁爱无比的国君命令所有团队一齐开上阅兵场，当众枪决了那几个快嘴多舌的小子。我们只听见噼噼啪啪一阵枪响，看见孩子们的脑浆飞溅到了广场的石头地上，与此同时，全军齐声呼喊：哟嘿，去美洲啰！——

夫　人　（震惊，跌倒在沙发上）上帝！上帝！——我却什么也没听见！我却什么也没察觉！

侍　从　是喽，夫人——不然在擂响起程鼓的时候，您和咱们主上干吗偏偏要去追捕狗熊呢？——您倒是真不该错过那辉煌的场面！当刺耳的鼓声向人们宣布，出发时间到了，便只见这儿一群哭喊着的孤儿在追赶还活着的父亲，那儿一个母亲发了疯，正冲上去准备把尚在吃奶的婴儿插到刺刀上去；为了把新婚的夫妇分开，军官们只

---

① 美国独立战争期间，德国的诸侯们曾出卖农奴给英王乔治三世当"炮灰"。

好用刀劈；咱们老头子只好绝望地站在原地，临了也把手杖扔给孩子们，让手杖陪伴他们到新世界去——呵，战鼓一直擂得震天价响，为的是全能的主听不见我们的祷告声——

夫　人　（从沙发上站起，激动异常）把这些钻石拿走——它闪闪烁烁，把地狱的火焰射进了我心里！（温和地转向侍从）别太难过，可怜的老人。他们会回来的。他们会再见到自己的祖国。

侍　从　（动情地，专注地）只有上帝知道！他们会的！——到了城门口他们还转过身来高呼："上帝与你们同在，老婆和孩子们——咱们的公爵万岁——等到接受上帝审判那天，咱们会回来的！"

夫　人　（大步绕室疾走）可耻！可怕！——他们骗我说，我已拭干了公国所有的眼泪——现在我算睁开眼了，恐怖地睁开眼了——去吧——去告诉你的主上——我将当面向他道谢！（侍从准备退下，她将自己的钱包扔进他帽子里）拿去吧，作为你对我说了真话的报酬——

侍　从　（轻蔑地将钱包扔回桌子上）请留下吧，对您来说是不会嫌多的。（下）

夫　人　（惊讶地目送着他）索菲，快追上去，问他叫什么名字。我要让他再见到他的儿子。（索菲下。夫人沉思着走上走下。少顷，对重新上场的索菲）最近不是传说边境上有座城市发生火灾，使四百个家庭沦为乞丐了吗？（按铃）

索　菲　您怎么突然想到这个？是有这么回事，那些不幸的人现在多数成了他们债主的奴隶，不然就在公爵的银矿里卖命。

仆　人　（走进来）夫人有何吩咐？

夫　人　（把首饰匣递给他）立刻送到市里去！——马上换成现钱，我命令；然后把换来的钱分给那四百户遭了火灾的穷人。

索　菲　夫人，您再考虑考虑，您这样做会失去公爵恩宠的。

夫　人　（庄严地）难道要我头上戴着全国的诅咒吗？（挥手示意仆人离开）要不你愿意这些眼泪凝成的可怕首饰压得我倒下吗？——去，索菲——还是头上戴一些假珠宝，心里意识到做过这样的善事更好。

索　菲　可刚才那样的珠宝！难道您不能拿您次一点的去卖吗？不，真的，夫人，您这样做太不该！

夫　人　傻丫头！这样做了，刹那间我便得到了更多的钻石和珠宝，比十个国王戴在王冠上的还要多，还更美——

仆　人　（又走进来）封·瓦尔特少校到。

索　菲　（冲向夫人）天哪！您面色多么苍白——

夫　人　这是第一个使我惊慌失措的男人——索菲——我不舒服，爱德华[①]——等一等——他开心吗？他面带笑容吗？他说什么来着？呵，索菲！我很难看，是不是？

索　菲　我求求您，夫人……

[①]　仆人名。

仆　人　您吩咐我打发他走吗？

夫　人　（结结巴巴地）说我欢迎他。（仆人下）告诉我，索菲——我对他讲什么好？我怎样接待他？——我会哑口无言的——他将讥讽我的软弱——我心多么虚啊——你要离开我吗，索菲？——留下——唉不！走吧！——还是留下好些。（少校穿过前厅，走进屋来）

索　菲　精神一点！他已经来了。

第三场

斐迪南·封·瓦尔特。前场人物。

斐迪南　（微微一鞠躬）要是我打扰了您，夫人……

夫　人　（心激烈跳着）一点也不，少校先生，您来再好不过。

斐迪南　我来是奉家父之命……

夫　人　那我得感谢他。

斐迪南　奉他之命告诉您，我俩将要结婚——父亲吩咐的就这些。

夫　人　（失色，战栗）不是您自己的心愿吗？

斐迪南　大臣们和拉牵做媒的人一样，从来不问这个。

夫　人　（惊惧，语塞）而您自己就没有一点别的要说吗？

斐迪南　（瞅了使女一眼）还有很多，夫人。

夫　人　（示意索菲，索菲退出）可以请您坐在这张沙发上吗？

斐迪南　我将尽量简短，夫人。

夫　人　喏？

斐迪南　我是个堂堂的男子汉。

夫　人　我敬重这样的男人。

斐迪南　还是个骑士。

夫　人　公国里出类拔萃的骑士。

斐迪南　还是军官。

夫　人　（讨好地）您只提到一些其他人与您同样具备的优点。您干吗对那些更加重要的独特品格避而不谈呢？

斐迪南　（冷冷地）我在这儿用不着它们。

夫　人　（越来越恐惧）可是，我该如何理解您这开场白呢？

斐迪南　（缓慢而加重语气）理解为自尊心的抗议，如果您真有兴趣来强迫我娶您。

夫　人　（生气地）这是什么话，少校先生？

斐迪南　（从容地）我的心里话——我的族徽的话——这把宝剑的话。

夫　人　这把宝剑是公爵赐给你的。

斐迪南　是国家假公爵之名将它给了我——我的心就是我的上帝——我家族的徽章已有五百年历史。

夫　人　公爵的名义……

斐迪南　（激动地）公爵难道能歪曲人类的准则，或者像铸造他的三分铜币一样任意支配人的行动吗？——他自己不威严、崇高，却能够用金子堵住尊严的嘴巴。他可以用银鼬皮袍遮盖他的耻辱。我请求您别再扯这些，夫人——

这儿要谈的不再是抛弃了的前程和祖先——不再是这剑上的穗子——不再是世人的看法。我做好准备了，一旦您能证明，我获得的奖赏不低于付出的代价，上面所说的一切我通通可以抛弃。

夫　　人　（痛心地离开他）少校先生，我不配让你做出这么大的牺牲。

斐迪南　（抓住她的手）请原谅。我们在这儿谈话没有第三者。使您和我今天——除了今天再也不会走到一起来的情况迫使我有理由对您不再隐讳我心灵深处的情感。——我真不敢相信，夫人，一位这么美丽、这么富有灵气的女子——她这些品质会得到男人的尊重——怎么可能委身于一个只是贪恋她的肉体的公爵；这个女子怎么不知羞耻，竟然同时又向另一位男子献上她的心？

夫　　人　（睁大眼睛瞪着他的脸）请痛痛快快地说完吧。

斐迪南　您自称是个英国人。恕我冒昧——我不能相信您真是英国人——一个天底下最自由的民族的生而自由的女儿。她太骄傲了，对别国的德行尚且不屑一顾，不肯受其影响，更永远别提会附和他人的罪孽啦。不可能，您不会是一位英国女子——要不，您这英国女人的心脏必定太小太小，不配有真正英国女子豪迈而勇敢跳动的脉搏！

夫　　人　您说完了吗？

斐迪南　有人也许会回答，这是妇女的虚荣心——重感情——易冲动——好享受。经常是德行比名声更能持久。曾经有过一些人，开始时名誉扫地，后来却以自己的高尚行为取得了世人谅解，用善举把丑恶化为了高贵——可是，目前公国内为何压迫前所未有地深重、可怕？——一切都盗用了国家的名义！——我没什么说的了。

夫　人　（温柔地，庄重地）瓦尔特，这是头一次有人敢对我讲这种话，而您，是唯一一个我愿意给予回答的男子。你鄙视与我结合，我因此尊重您。您亵渎我的心，我不怪罪您。我不相信，您真这么鄙弃我。一个人敢于去这样侮辱一位翻掌之间就可以毁掉他的妇女，必定是相信这位妇女有一颗博大的心，要不然——他就是精神失常。您把国家的灾难归罪到我身上，但愿万能的上帝会原谅您，有朝一日，他将让您、我和公爵对质的——可您竟然怀疑我是一个英国女子！对您这样的指责，我的祖国不会不给予回答的。

斐迪南　（身子倚着佩剑）我急于马上知道。

夫　人　那就听好了。除您之外，我还从未告诉任何人，也不愿告诉任何人。我不是一个冒险家，瓦尔特，像您认为的那样。我本可以趾高气扬地说：我有着高贵的血统——出身在为苏格兰女王玛利亚牺牲了的不幸的托马斯·诺弗克家族。[1]先父是国王陛下的侍从长官，受人诬陷，

---

[1] 苏格兰女王玛利亚·斯图亚特（1542—1587）于新旧教之争中偏袒旧教，失败后逃往英格兰，向伊丽莎白女王求救不成反遭囚禁。托马斯·诺弗克公爵（1536—1572）在审判她时暗中予以保护，企图与教皇和西班牙一起帮助她复辟，事情败露后被处决。本剧的故事发生在18世纪，剧中人所述并不完全合乎历史事实。

被认定背叛国家，勾结法兰西。议会判他有罪，他被斩了首。我家的所有财产都归王室所有了。我们自己被驱逐出了英国。我母亲死在父亲被处决的当天。我本人——一个十四岁的小姑娘——跟着保姆逃到了德国，带着一盒珠宝——还有这个祖传的十字架，我母亲在弥留之际一边给我最后的祝福，一边把它戴在了我胸前。

斐迪南 （慢慢陷入沉思，盯着夫人的目光变得温暖起来）

夫　人 （越往下说越是激动）带着病——没有名声——没有保护人和财产——我一个异国孤女来到了汉堡。除了一点法语——一点针线活儿和会弹钢琴之外，别无任何本领；相反倒习惯了使用金银餐具——盖锦缎被褥，呼奴使婢，颐指气使，接受大人先生们的阿谀奉承。终于哭着过完了六年。最后的一件首饰飞掉了——我那保姆也一命呜呼——这时我的命运之星将您的公爵带到了汉堡来。那天我在易北河边散步，正望着江水开始胡思乱想，想弄清楚是这江水更深呢还是我的痛苦更深？公爵看见了我，跟踪我到了我的住处——跪在我脚下发誓说他爱我。（激动得停下来，然后哽咽着往下说）我幸福的童年又带着美丽迷人的光彩，一幕一幕呈现在眼前——可是未来黑暗如同墓穴，令我毛骨悚然——我的心渴望从另一颗心获取温暖——于是便与他的心靠在了一起。（从斐迪南身边跑开）现在您可以诅咒我了！

斐迪南 （非常感动，追上去拉住她）夫人！啊，天哪！我听见了什么？我干了些什么？——我的罪孽突然明摆在我面前，可怕啊！您再也不可能原谅我啦。

夫　人　（走回来，努力克制着自己）您往下听。公爵虽然使我这个没有反抗能力的少女感到措手不及，可我身上的诺弗克家族的血液却提出抗议：你，一位天生的侯爵小姐，艾米莉，竟甘当一个国君的情妇吗？——公爵将我带到这儿，在我眼前突然展现出最可怖的情景，于是自尊和命运在我心里开始了长期的斗争。这个世界的大人物荒淫纵乐，就像永远不知饱足的鬣狗，老在贪婪地搜寻着牺牲品。在这个公国内他们横行肆虐——拆散一对对新婚夫妇——撕碎神圣的婚姻纽带——破坏家庭的幸福温馨——让年幼无知的心遭受黑死病的传染毒害，而一些女学生在临死前一边痉挛，一边诅咒，流着泡沫的嘴里泄露出来的竟是她们教师的名字。我被夹在了羔羊和虎狼之间，常常在幽会的温情时刻逼着公爵许下誓愿：那样可憎的牺牲该到头啦！

斐迪南　（激动得绕室狂走）别说了，夫人！别再说下去了！

夫　人　这可悲的时期后面接着更加可悲的时期。一时间，宫廷和后宫中充斥着意大利来的下流货，风骚的巴黎女人用可怕的权杖打情骂俏，民众在她们喜怒无常的摆布下流着鲜血——你们全都经历过当时的情景。后来，是我让她们失了势，因为我比她们更风流。我让暴君在我的怀抱中飘飘然，从他有气无力的手中夺过了权柄——你的祖国，瓦尔特，才第一次感受到人的抚慰，信赖地靠在了我的胸口上。（停下来，脉脉含情地望着他）啊，这个唯一我不愿意他误解我的男子，现在逼得我只好夸夸其谈，把我秘而不宣的德行讲了出来，任赞叹的阳光曝晒！瓦尔特，我砸碎过牢狱的铁锁——撕碎过死刑判决书——缩短过苦役船上可怕的终身流放。给无法治愈的创伤至少注入了减轻痛苦的油膏——并且常常叫有权有势的罪犯倒霉，年轻人，那才叫痛快呀！任何对于我高贵出身的责难，我的心都可以无比骄傲地予以驳斥！可那唯一能够给我所作所为以报偿的男子——那我多舛的命运创造来弥补我已承受的痛苦的男子——那我在梦中已热烈渴慕和拥抱的男子，他现在竟来……

斐迪南　（抢过话头，极度震惊地）够啦！够啦！这违反了约定，夫人！您可以洗刷对您的责难，指出我的罪过。可请您怜惜——我请求您——怜惜我的心，它快要被惭愧和悔恨撕碎啦——

夫　人　（紧握他的手）要么现在讲，要么永远别讲了。这个女人已经勇敢地坚持了很长时间——现在必须让您再感到她泪水的分量。（语气温柔地）听我说啊，瓦尔特——如果一个不幸的女子——受到您不可抗拒的强有力的吸引——用她满怀着无限热爱的胸脯贴近您的身体——瓦尔特啊——您此刻还会冷冰冰地谈什么荣誉吗？如果这个不幸的女子——忍辱含羞——厌倦了行恶，在德行的召唤下勇敢地站了起来——这样投身您的怀抱（边说边抱住瓦尔特，恳求地，庄严地）——希望您拯救她——希望由您重新送进天国，或者（背转脸，嗓音空虚而颤抖）从您面前逃开，发出可怕的绝望的嚎叫，听天由命，重新堕入更加可憎的罪恶的深渊……

斐迪南 （挣脱她的怀抱，狼狈之极）不，伟大的上帝知道，我受不了啦！——夫人，我必须——凭着天地起誓——我必须向您承认一件事情，夫人。

夫　人 （从他身边逃开）现在别！现在别！我以对我神圣的一切的名义求您——在这可怕的一刻，我的心像被万千匕首刺破了似的在流血——死也罢，活也罢——我现在不能——我现在不愿——听您表白。

斐迪南 您得听，您得听，好夫人！您必须听我讲。我现在要对您讲的话，将减轻我的罪过，并稍微表示一下我对刚才发生的事情的歉意——我看错了您，夫人。我曾期待——我曾希望您是当受我蔑视的。我所以来府上，就是下定决心要侮辱您，招您的恨——要是我这打算成功了，我俩会多幸福啊！（沉默片刻，然后更加轻声，更加羞怯）我爱上了，夫人——爱上了一个市民姑娘——她叫露意丝·米勒小姐，一位音乐家的女儿。（夫人脸色苍白地背转身去。他更兴奋地往下讲）我知道我堕入了怎样的境地，可要是智慧能让激情沉默，责任的声音却更加响亮——我负有罪责！一开头，我撕破了她处女的金子般的宁静——用痴心妄想迷住她的心，把它出卖给了狂野的激情。您会提醒我注意我的地位——我的出身——我父亲的信条——可是我爱她！我天性的追求与种种陈规陋习越是背道而驰，我抱的期望就越高。我的决心与世俗的偏见誓不两立！让我们看看，能永远存在下去的是时尚，或是人的本性。（这期间夫人已退到大厅的尽头，双手捂住了脸。斐迪南一直紧跟着她）您还想对我讲什么吗，夫人？

夫　人　（表情异常痛苦）没有了，封·瓦尔特先生！除去您将毁掉自己，毁掉我，并且毁掉另外一个女人之外，什么都没有了！

斐迪南　还有另外一个女人？

夫　人　我们在一起不会幸福。可我们又不得不成为您父亲急性子的牺牲品。一个只是被迫将手伸给我的男人，我一辈子也不可能得到他的心。

斐迪南　被迫，夫人？被迫伸手给您？可到底给了没有呢？您难道能够强夺一只并不情愿伸给您的手不成？您难道能强使一个视这姑娘为整个世界的男子离开她，来到您的身边不成？夫人啊，您——在这一刻之前，您还是一位令人钦敬的英国女子——您能够这样做吗？

夫　人　因为我必须这样做。（严肃而坚定地）我的热情，瓦尔特，压不过我对您的柔情。我的名声，再也不能……全城的人都在谈论我俩的结合。所有的眼睛，所有嘲讽的利箭，全瞄准了我。要是公爵的一个臣仆尚且拒绝了我，那对我将是一个永远洗刷不掉的奇耻大辱。和您的父亲论理去吧！尽可能地反抗吧！——我将一不做，二不休！（快步走下。少校瞠目结舌，呆若木鸡，随后也冲出门去）

第四场

乐师家的房间。

米勒、米勒太太、露意丝同上。

米　勒　（疾步走进房来）我早说过了不是！
露意丝　（胆怯地迎上去）怎么啦，爸爸，怎么啦？
米　勒　（绕室狂奔）拿我的礼服来——快点——我必须赶在他前边——还有一件活袖头的白衬衫！我早料到会出事！
露意丝　看在上帝分上！怎么啦？
米勒太太　出了什么事？到底什么事？
米　勒　（将假发扔得老远）快拿去给理发师梳一下！——怎么啦？（跳到镜子面前）还有胡子也一指长了！——出了什么事？——还会出什么事哟，你这个死人！——报应到啦，活该你遭雷劈！
米勒太太　瞧瞧吧！啥事儿都赖我。
米　勒　赖你？是啊，不赖你这该死的尖嘴婆娘还赖谁？今儿个一早，和你那恶魔小爷——我不是马上说了吗？——伍尔穆那家伙给叨叨出去啦！

米勒太太　嗨，什么！你怎么会知道？

米　　勒　我怎么会知道？——得！大门口已经有宰相的一个狗杂种在探头探脑，打听提琴师家的情况。

露意丝　我快完了。

米　　勒　不只是你，还有你那对情意绵绵的眼睛！（恶狠狠地，大笑）真是不错：魔鬼在谁家下了蛋，谁家就会养出个漂亮妞儿。——我现在算领教了！

米勒太太　你从哪儿知道是冲咱露意丝来的？没准儿有谁向公爵推荐了你。没准儿他要你进他的乐队。

米　　勒　（跳过去抓棍子）倒你鬼老婆子的邪霉！还乐队咧！可不，来叫你这老媒婆用嚎叫充女高音，叫我这青紫的屁股给你做低音伴唱。（猛地坐到椅子上）天上的主啊！

露意丝　（脸色惨白，坐下）妈！爸！怎么我突然心慌意乱？

米　　勒　（从椅子上跳起来）可那耍笔杆儿的要是什么时候让我给撞上？——让我给撞上！不管是在阳世还是在阴间——我要不把他的肉体和灵魂捣成烂酱，要不拿他的狗皮来抄《圣经》"十诫"和七篇"悔罪雅歌"，抄"摩西五经"以及先知穆罕默德的经文，让世人到亡灵复活之日还看得见他皮上的蓝色字迹，那我就……

米勒太太　是的是的！你咒吧，你跳吧！你这样就可以镇住魔鬼啦！救救咱们啊，仁慈的主！现在怎么办？谁能给咱们出主意？怎么才收得了场啰？米勒老爹，你倒是说呀！
（哭喊着在房中乱跑一气）

米　勒　我这就去见宰相。我要抢先开口——要自己说明原委。你呢，知道得比我早，本该提醒我才是。这丫头也许还劝得转来。也许时间还来得及——可是你没有！这里边没准儿能捞到点好处哩，这里边没准儿能钓上条大鱼哩！于是你火上浇油！现在该你去领你的媒婆赏钱啦！你这叫自作自受！我呢，只管带着我的女儿，离开这个国家。

第五场

斐迪南·封·瓦尔特冲进房间，
慌慌张张，上气不接下气。
前场人物。

斐迪南　我父亲来过了吗？

露意丝　（惊惶不安）你父亲？万能的主啊！

米勒太太　（双手一拍）宰相大人！咱们完啦！（三人异口同声）

米　勒　（冷笑两声）赞美上帝！咱们报应到了！

斐迪南　（奔向露意丝，把她抱在怀中）你是我的，不怕天堂和地狱从中阻拦！

露意丝　我注定活不了啦——说下去——你刚才说了一个可怕的

名字——你的父亲?

斐迪南　没什么,没什么。事情已经过去了。我又重新得到了你。你又重新得到了我。让我先在你怀中喘口气吧。刚才那一刻太可怕啦。

露意丝　怎样的时刻呢?你快急死我了!

斐迪南　(倒退一步,若有所悟地打量着她)一个在我的心与你之间,露意丝,插进来一个陌生人的时刻——一个使我的爱在我的良心面前变得苍白失色的时刻——一个我的露意丝不再是她斐迪南的一切一切的时刻……

露意丝　(蒙着脸,倒在椅子上)

斐迪南　(跑向她,目光呆滞地站在她面前,说不出一句话,然后突然离开她,激动异常)不!绝不!不可能,夫人!您太过分了!我不能为您牺牲这个纯洁无邪的少女!——不,以永恒的上帝起誓!我不能背弃我的誓言,它像天上的雷霆一样大声地警告我,从这双失去了神采的眼睛里——夫人,您瞧瞧吧,瞧瞧吧——像乌鸦一般狠心的父亲呵,你要掐死这个天使吗?你要我在她圣洁的胸中撒播地狱之火吗?(坚决地跑回露意丝跟前)我要领她去接受世界末日的审判,让永恒的上帝讲,我爱她是不是犯罪。(拉住露意丝的手,扶她站起来)鼓起勇气,亲爱的!——你胜利了。在那最危险的搏斗中,我成了胜利者。

露意丝　不!不!什么也别瞒着我!说出来吧,那可怕的判决。

你提到你父亲？你提到夫人？——我怕得要命——人家说，她要结婚了。

斐迪南　（茫然地跪倒在她脚下）是跟我哟，不幸的人！

露意丝　（停了停，声音微微颤抖，可怕地沉着镇静）喏——我还担的哪份儿惊呢？那边那位老人不是一再告诫我——要我永远别相信他的话？（稍停，然后哭着扑进米勒怀中）爸爸，你的女儿回到你身边来啦——原谅我吧，爸爸——别怪你的孩子，那个梦太美啦，可是啊——现在醒来愈加可怕！

米　勒　露意丝！露意丝！——上帝呵，她精神不正常了！——我的女儿，我可怜的孩子！——该死的诱骗者！——该死的拉皮条的婆娘！

米勒太太　（哭喊着扑向露意丝）我该受这样的咒骂吗，我的女儿？上帝饶恕您，男爵——这小羊羔做了什么错事，您要掐死她？

斐迪南　（从露意丝脚下跳起来，坚定地）可我一定要戳穿他的所有阴谋——扯断那一切偏见的锁链——我要像个男子汉似的自由地选择爱人，让那班小人在我爱情的参天大树下晕头转向吧！（准备离去）

露意丝　（战栗着从椅子上站起来，追上他）别走！别走！你要去哪儿？——爸爸——妈妈——在这可怕的时刻他要离开我们？

米勒太太　（追上去拉住斐迪南）宰相大人会上这儿来——他会虐待

咱闺女——他会虐待我们——封·瓦尔特少爷,你却要扔下我们吗?

米　勒　（狂笑）扔下我们。当然当然!干吗不呢?——她已经把一切给了他!——（一只手拉着少校,一只手拉着露意丝）别着急,先生!要离开我的家,只能从她身上踩过去!——你要不是流氓,就先等令尊大人来——告诉他,你怎么偷走了她的心,你这骗子,要不然,上帝做证!（把女儿扔给斐迪南,狂暴地）就当着我的面,先把这只因为爱你而身败名裂的可怜虫给踩死!

斐迪南　（回到房中,沉思着踱来踱去）宰相的权力固然很大——父权也是个含义广泛的词儿——罪行本身可以隐藏在他脸上的皱纹中——他可以为所欲为——为所欲为!然而,只有爱情能做到一切——来,露意丝,把手伸给我!（拉住露意丝的手,用力地）就这样,直到最后一息上帝也不会离开我,真的!那分开这两只手的一瞬,也将扯断我与造化的联系。

露意丝　我害怕!转过脸去,你嘴唇颤抖。你眼睛转动起来叫人害怕……

斐迪南　不,露意丝,别哆嗦。我不是在说胡话。在这关键时刻,被压抑的心胸唯有想入非非才可能舒畅舒畅,这时候能够做出决断的,唯有上帝特殊的恩赐!——我爱你,露意丝——你应该和我在一起,露意丝——现在去见我的父亲!（疾步出房,正撞上宰相跨进门来）

第六场

　　　宰相带着一帮侍从。前场人物。

宰　　相　（边进门边说）他已经在这里。

众　　人　（惊恐）

斐迪南　（后退几步）在一个清白人家。

宰　　相　在儿子能学会孝敬父亲的地方吗?

斐迪南　请您别扯这个——

宰　　相　（打断他,脸转向米勒）他是父亲吗?

米　　勒　米勒乐师。

宰　　相　（脸朝米勒太太）她是母亲?

米勒太太　没错儿!母亲。

斐迪南　（对米勒）爸爸,您把女儿带走吗?她快晕倒了。

宰　　相　瞎操心,我还有话问她呢。（对露意丝）你认识宰相的少爷多久了?

露意丝　我从不管什么少爷不少爷。从11月起,斐迪南·封·瓦尔特就来家里看我。

斐迪南　来追求她。

宰　　相　你得到什么许诺了吗?

斐迪南　就在刚才,当着上帝的面,我给了她最庄严神圣的许诺。

宰　　相　（恼怒地冲着儿子）蠢材,有你后悔的!（对露意丝）我等你回答哩。

露意丝　他起誓他爱我。

斐迪南　而且将信守誓言。

宰　相　非要我命令你住口吗？——你接受他的誓言？

露意丝　（温柔地）我给了他回报。

斐迪南　（语气坚定地）已结下海誓山盟。

宰　相　我非把你这应声虫扔出去不可。（恶毒地冲着露意丝）他可是每次都付现钱，对吗？

露意丝　（专注地）我不完全明白您问的什么意思。

宰　相　（暗暗冷笑）不明白？嗒嗒！这只是说——操任何营生，俗话说，总有它的搞头——而你呢，我希望，也不会白白奉送，没捞到好处——或者你想的只是玩一玩？对吗？

斐迪南　（勃然大怒）混账！这叫什么话？

露意丝　（对斐迪南，庄重而无奈地）封·瓦尔特先生，现在您自由了。

斐迪南　爸爸！德行即使衣衫褴褛，如同乞丐，同样应该受到尊重。

宰　相　（大笑）可笑的妄想！竟要老子尊重儿子的婊子。

露意丝　（昏倒）天啊！天啊！

斐迪南　（与露意丝同时开口，并且拔出剑来刺向父亲，半道上却垂下了宝剑）爸爸！您原本有权要我把我的生命还给您——现在算是清了账了（插回宝剑）——从此我这个儿子不再欠您任何的情！——

米　勒　（一直恐惧地站在一边，这时激动地走上前来，一会儿气得咬牙切齿，一会儿怕得牙齿磕磕碰碰）我说大人——孩子是父亲的骨肉心肝——劳驾您给我记住——谁骂他女儿是婊子，谁就是打了他的耳光；而您打他他也得同样打您——咱们的信条如此——劳驾您给我记住。

米勒太太　行行好吧，上帝和救世主！——现在老头子也火啦！——咱们大难临头了！

宰　相　（似未完全听明白）怎么，老龟头也发火了吗？——我们这就跟你算账，老龟头！

米　勒　劳您的驾，我的名字叫米勒，如果您听我奏一段柔板的话——给娼妓拉客咱不干。多会儿宫里边还有足够的人手，就轮不上咱这些平民百姓。劳您的驾！

米勒太太　看在上帝分上，老头子！你要害死你老婆孩子啦！

斐迪南　您在这儿扮演的什么角色哟，爸爸，竟当着这么多人的面。

米　勒　（走过宰相，鼓起勇气）明明白白地说吧。劳您的驾！在公国范围内，大人您有权有势，想干啥可以干啥。可这儿是我的家。如果有朝一日我要递交请愿书，我也许会毕恭毕敬，可一个没礼貌的客人，我将马上赶他出门去——劳您的驾！

宰　相　（气得脸色苍白）什么？——什么意思？（逼近米勒）

米　勒　（缓缓后退）我就是这个意思，大人——劳您的驾。

宰　相　（火冒三丈）哈，反了你啦！你口出狂言，想蹲监狱是不是！——去，把法警叫来。（随从数人下。怒气冲冲，绕室狂奔）把父亲关进监狱——把母亲和卖淫的女儿绑到耻辱柱上示众——法律的铁腕将代我平息我的愤怒。对这样的侮辱，我一定要狠狠报复——难道能容忍这样的下流坯破坏我的计划，离间我们父子而不给予惩处！——哈，这帮该死的家伙！我要你们通通完蛋才解恨，我要用复仇的怒火把你们全家——父亲、母亲和女儿，烧成灰烬！

斐迪南 （走到米勒一家中间，从容坚定地）啊，别这样！用不着害怕！有我在哩。（对宰相，恭顺地）别太性急，爸爸！如果您自爱，就别使用暴力——我心中有一个地方，父亲这个字眼还从未进入过——请您别硬要进里边去。

宰　相 不要脸的东西！住嘴！别给我火上加油！

米　勒 （从惊吓中回过神来）看好你孩子，老婆。我去找公爵。——他御用的裁缝——上帝指点了我！——他御用的裁缝在跟我学吹横笛。在公爵那儿我不会有问题的。（打算离开）

宰　相 找公爵，你说——你忘了吧，我是公爵的门槛？你想跳过去，不摔断脖子才怪哩！——找公爵，你这傻瓜！——你试一试，看我不把你扔进深深的地牢，扔进那不见天日、不闻人声、阴森恐怖如同地狱的地方，活不成，也死不了——到那时，你将铁索银铛，哭哭哀哀地说：我真是太不幸啦！

第七场

法警数名。前场人物。

斐迪南 （奔向露意丝。她昏倒在他臂弯里，不省人事）露意丝！帮我一下！救救她！她被吓昏过去了！

米　勒 （抓起一根藤条，戴上帽子，准备动粗的样子）

米勒太太 （跪倒在宰相面前）

宰　相 （冲法警亮了亮他的勋章）动手吧，以公爵的名义——孩子，离开这个婊子——管她晕倒不晕倒！——等她脖子套上铁链，别人就会用石头将她砸醒的。

米勒太太 发发慈悲吧，大人！发发慈悲！发发慈悲！

米　勒 （一把将妻子拽起来）给上帝下跪去吧，老虔婆，别给——别给恶棍下跪，我反正少不了进监狱！

宰　相 （咬了咬嘴唇）你算计错啦，混蛋。还有绞架等着哩！（对法警们）难道要我再说一遍吗！

众法警 （冲向露意丝）

斐迪南 （从露意丝身边跳起，挡在她面前，怒不可遏）看谁敢动一动！（举起带鞘的宝剑，用剑柄挥打法警）谁敢碰一碰她，谁就当心自己的脑袋。（对宰相）请您放尊重点。别逼我太甚，爸爸！

宰　相 （威胁法警）你们还要饭碗吗，胆小鬼？

众法警　（重新冲向露意丝）

斐迪南　该死的东西！我说：退回去——我再说一遍！您怜悯怜悯自己吧，爸爸！别逼我走极端！

宰　相　（气急败坏地斥责法警）你们就这样恪尽职守？混账东西！

众法警　（猛冲上去）

斐迪南　事已至此——（拔出剑来，砍伤法警数人）只好请你们法律的代表原谅了！

宰　相　（怒不可遏）我倒要看看，你这剑是否也会砍在我的身上。（亲手抓住露意丝，拽起她来交给一名法警）

斐迪南　（大声惨笑）爸爸，爸爸，您的行为是对上帝最尖刻的讽刺！他竟善恶不辨，把十足的刽子手变成了堂堂宰相！

宰　相　（对其他人）带走她！

斐迪南　爸爸，绑她上耻辱柱吧，但是连同少校，连同宰相的少爷一起！——您还固执己见吗？

宰　相　那戏就更有看头，更加有趣喽——带走！

斐迪南　爸爸！为了这姑娘，我宁可放弃少校的佩剑——您还坚持吗？

宰　相　剑挂在你那不知羞耻的身上，已经毫无价值！——带走！带走！我命令。

斐迪南　（推开那个法警，一条胳臂搂住露意丝，另一只手举起剑）爸爸！在您让我妻子受辱之前，我决心刺死她——您还坚持吗？

宰　相　刺吧，要是你的剑还锋利。

斐迪南 （放开露意丝，怒视空中）万能的主呵，你看见啦！是人想得出来的办法我全已试过——现在不得不用魔鬼的伎俩了！在你们带她去站耻辱柱的时候（凑近宰相的耳朵大声道）——我就向整个京城讲那段您爬上宰相宝座的故事。（下）

宰　相 （五雷轰顶似的猛然一惊）你想干什么？——斐迪南！——放了她！（急急追赶少校）

第三幕

宰相府的大厅。

第一场

宰相和秘书伍尔穆上。

宰　相　事情搞糟了。
伍尔穆　跟我担心的一样，大人。强迫经常使热恋的人更加铁心，而从来不能叫他们回心转意。
宰　相　本来我对这一招信心十足。我断定：一旦姑娘名声扫地，他身为军官便不得不回头。
伍尔穆　完全正确。可问题却在要真的名声扫地。
宰　相　不过呢——我现在冷静地思考了一下——我还是不该上他的当——他只不过是威胁一下罢了，大概永远不会动真格的。
伍尔穆　您可别这么想。一个热恋者惹急了什么蠢事都干得出来。

您常告诉我，少校先生对您能执政一直摇脑袋。这我相信。他从大学里学来的那些信条，一开始我就觉得不可理解。他那些关于伟大心灵和高尚人格的梦想，在宫廷里能派啥用场？宫廷里最大的智慧不外乎不紧不慢、圆滑机灵、能屈能伸。他年纪太轻，脾气火暴，根本不懂得徐缓、迂回的权术谋略的奥妙，而是野心勃勃，动辄追求伟大和冒险。

宰　　相　（不耐烦）可您这番高论对事情有什么弥补呢？

伍尔穆　我讲这些是给阁下指出问题的症结，也许还有挽救的办法不是。一个那种性格的家伙——恕我冒昧——他绝不能做您的亲信，也不可让他与您为敌。他厌恶您飞黄腾达所采用的手段。到目前为止，也许只是儿子拴住了叛徒的舌头。您要给了他适当的机会和借口，您要是一再伤他的感情，使他认为您不是一个慈爱的父亲，那么，他心中爱国者的责任感便会占上风。是的，仅仅给正义祭坛献上一份绝妙的牺牲这个奇思异想，就足以刺激他亲手打倒自己的老子。

宰　　相　伍尔穆啊伍尔穆！——你把我领到了可怕的悬崖边上。

伍尔穆　不，我是想把您拉回来，大人。允许我怎么想怎么讲吗？

宰　　相　（坐下）就像一个囚犯对他的同案犯。

伍尔穆　那就请大人海涵——我想，您当宰相完全靠的是圆滑的宫廷艺术，您干吗又不能靠它当父亲呢？我记得，当时您是如何好劝歹劝，把您的前任请去玩扑克，并且用上等法国葡萄酒亲亲热热地灌了他半夜；而就在这天夜里，巨大的地雷行将爆炸，那好人必定飞上天——为什么您对令郎又非得摆出一副敌对的架势不可呢？千万别让他知道，我了解他恋爱的底细。您应从姑娘方面下手去挖他们的墙脚，进而控制住您那公子的心。您要像一位聪明的将军似的分化瓦解敌人，而不是去攻击他们的中坚核心。

宰　相　具体如何行事？

伍尔穆　再简单不过——还有牌在咱们手里嘛。您暂时委屈一下，别摆父亲架子。别去跟痴心的情郎较量，任何阻力都只会使他更加痴傻，更加倔强——把他们交给我，我要用他们的狂热，孵化出吞噬掉这狂热自身的虫子。

宰　相　我急欲知道究竟。

伍尔穆　要么我太不懂得人心，要么令郎吃起醋来也十分可怕，就跟他闹恋爱一样。让他对那个姑娘产生疑心吧——不管有没有这回事。一丁点儿"酵母"，就会引起剧烈反应，将这段罗曼史破坏掉。

宰　相　可去哪儿弄这点儿"酵母"呢？

伍尔穆　现在咱们到了节骨眼儿上啦——首先，大人，您得给我讲清楚，要是少校继续抗拒下去，您将担多大风险？——对您来说，让他结束与一个平民丫头的罗曼史，跟弥尔芙特夫人结婚，究竟重要到了什么程度？

宰　相　这还用问吗，伍尔穆？——要是与夫人的婚事吹了，我的整个地位都会动摇；要是我过分逼迫少校，我的脑袋就有危险!

伍尔穆 （兴高采烈）那好,大人,您请听——对少校先生,我们只能用计谋诱使他进入罗网。对那丫头,我们将动用您的全部权威。我们口授一封她给第三者的情书,叫她亲笔写出来;然后,我们巧妙地让信落进少校手里。

宰　相 想入非非!好像她一说便通,会马上写下自己的死亡判决书似的?

伍尔穆 她一定会写,只要您让我放手去干。这颗善良的心我了如指掌,它只有两个致命弱点,容易受到我们的攻击——她的父亲和那位少校。少校可以完全不加考虑;正因此,我们就可以更加放手地对付那位乐师。

宰　相 具体办法呢?

伍尔穆 根据大人给我讲的在他家已上演的那场戏看,最简单的办法就是威胁她父亲,说要让他吃官司。公爵殿下的宠臣和掌玺官等于是殿下的影子——侮辱他就等于侮辱殿下——至少我要用这纸糊的鬼怪,把那家伙逼得走投无路。

宰　相 不过——可别搞得太过火。

伍尔穆 才不会呢——只等把一家人逼上了绝路,便适可而止。也就是说,我们将悄悄地把乐师关起来——为了把情况搞得更严重点,也可以连那母亲也一块儿逮进去——同时就讲对罪行起诉呀,上断头台呀,终身监禁呀什么什么的,而获释的唯一条件,是女儿的那封信。

宰　相 好!很好!我明白了。

伍尔穆　她爱她的父亲——我想说——爱得要命。他的生命——至少是他的人身自由——受到了威胁——她的良心将自我谴责，是她招惹了是非——与少校结合又不可能——最后再加她的头脑已被搅昏，这事儿就包在我身上——十拿九稳——她非掉进陷阱不可。

宰　相　可我儿子呢？他会不会马上得到风声？他会不会更加疯狂呢？

伍尔穆　一切让我来操心吧，大人！——在全家赌咒发誓对整个经过保守秘密并承认那封信是真的之前，咱们绝不释放她的父母。

宰　相　赌咒发誓？赌咒发誓顶屁用，蠢货！

伍尔穆　对于我们是屁用没有，大人。可对他们那号人，用处大着哩。您瞧一瞧，咱俩只这么一招就能如愿以偿，有多妙——姑娘失去了少校的爱情和自己清白的名声。父亲母亲垂头丧气，心甘情愿地向命运屈服，这当口儿我才去向他们的女儿求婚，帮她挽回一点儿面子，到头来他们还会感激我对他们发了善心哩。

宰　相　（边笑边摇脑袋）真的，我服你啦，恶棍！这一招可算魔鬼的杰作。青出于蓝而胜于蓝喽！——现在的问题是，信写给谁？我们让她和什么人关系暧昧！

伍尔穆　必须是一个由于令郎的决定要么赢得一切，要么输掉一切的人。

宰　相　（稍微考虑了一下）我想只能是侍卫长了。

伍尔穆　（耸耸肩膀）要是我叫露意丝·米勒，他自然不合我的口味。

宰　相　为什么不？怪了！一套令人眼花缭乱的穿戴——浑身的巴黎香水味儿和麝香味儿——每一句蠢话都换得来大把的金币——这一切还不够叫一个市民丫头垂涎三尺？——啊，老弟，人吃起醋来不会考虑那么多。我这就派人去请侍卫长。（摇铃）

伍尔穆　这事和把提琴师米勒抓起来的事就请大人亲自处理了；我呢，得去起草刚才讲的那封信。

宰　相　（踱到写字台前）写好了马上送来我看看。（伍尔穆下。宰相坐在桌旁书写着什么，一名侍从走进来，他站起身递一张纸给侍从）这份逮捕令立刻送到法院去——同时再派个人去请侍卫长来见我。

侍　从　侍卫长老爷的车正巧到了门外。

宰　相　那更好——不过，告诉下边，仔细准备好后再动手，免得引起骚乱。

侍　从　遵命，大人。

宰　相　明白吗？一点不能声张！

侍　从　明白，大人。（下）

第二场

宰相和侍卫长。

侍卫长　（急匆匆地）只是顺道儿来看看，老伙计！——您怎么样？过得好吗？今儿晚上上演大型歌剧《狄朵》[①]——烟火棒极啦——整座城市一起烧起来——您不来看看吗？怎么样？

宰　相　我后院里火已烧得够猛啦，眼看会将我的整个荣华富贵化为灰烬——您来得正好，亲爱的侍卫长，有件事正需要您出主意和出力气哩。此事要么叫咱俩飞黄腾达，要么彻底毁了我和老弟您。坐下谈吧！

侍卫长　别吓唬我，老兄。

宰　相　就这么回事——要么飞黄腾达，要么彻底毁灭。您清楚我对我儿子和弥尔芙特夫人的安排。您也明白，对于巩固咱俩的幸福，这样安排必不可少。一切都可能功亏一篑哟，卡尔勃。我儿子斐迪南不愿意。

侍卫长　不愿意——不愿意——可我已讲遍全城啦！人人都在谈论这桩婚事。

宰　相　您将变成一个散布谣言的家伙，在全城的人面前出乖露丑。他爱的是另一个女的！

侍卫长　开玩笑！难道这也算得上障碍？

宰　相　遇上了那么个顽固脑袋，简直是最没法克服的障碍。

侍卫长　他竟会这么痴傻，送上门来的幸福都不要，嗯？

宰　相　您问他自己去，听他回答您什么吧。

[①]《狄朵》是17世纪英国作曲家普赛尔所作歌剧，原名《狄朵与埃涅阿斯》(*Dido and Aeneas*)。女主人公狄朵系迦太基女王，因女巫作祟失去情人特洛伊王子埃涅阿斯而自杀。

侍卫长　可我的天！他到底能回答什么哟？

宰　相　他将向全世界揭露咱俩的罪行，让世人知道咱们是怎样爬上来的——他将告发咱们伪造文书和字据的勾当——他将把咱俩送上断头台——他能回答这一切！

侍卫长　您神经有毛病怎么的？

宰　相　这是他的回答。他打定主意这么干——我甚至低声下气求他，他仍不放弃自己的打算。现在您说吧，怎么办？

侍卫长　（一脸蠢相）我的脑袋不中用了。

宰　相　这还不算。我同时还接到我的密探们的报告，御酒监封·波克跃跃欲试，正准备向夫人求婚哪。

侍卫长　您要急死我了。谁，您说？封·波克，您说？——您也知道，我和他可是死对头。您也知道，我们怎样结的仇。

宰　相　这我倒想听听。

侍卫长　老伙计！您就听好了，但愿您别坐立不安——如果您还记得宫里那次化装舞会——眼看就是二十年前的事啦——您知道，大伙儿刚跳完第一轮英国土风舞，大吊灯上的蜡烛油便热乎乎地滴了一些在默尔绍姆伯爵带帽兜的长袍上——我的天啊！这您一定还记得！

宰　相　这样的事谁忘得了？

侍卫长　对啦！阿玛丽公主正跳在兴头上掉了一条箍袜带——不难想象，这下所有人全慌作一团——封·波克和我——我们那会儿还在当宫内侍从——我俩一起在舞厅中爬来爬去找那袜带儿——终于，我发现了它——封·波克一见马上扑过来——硬从我手中夺走了袜带——我请您想一想！他把它交还给公主，扬扬得意地抢去了本应属于我的一次取宠的机会——您做何感想？

宰　　相　无耻！

侍卫长　抢去了我取宠的机会！——我差点儿晕倒过去。没见过这样的穷凶极恶！——终于，我鼓起了勇气，踅到公主殿下跟前，说道："殿下，封·波克真太幸运，能把袜带奉还给您；可那第一个找到袜带的人，却不事声张，只在心眼儿里感到满足。"

宰　　相　讲得好，侍卫长！再好不过！

侍卫长　不事声张——可我一定要对封·波克报这个仇，哪怕是到了世界的末日——这下流无耻的谄媚者！——而且还不止于此呢——在我俩同时扑去捡袜带的一刹那，这狗杂种把我假发右边的香粉蹭了个精光，将我在舞会上的形象完完全全给毁了！

宰　　相　正是这小子要娶弥尔芙特夫人，从而成为宫里的头号人物。

侍卫长　您给我心里戳了一把刀子。要？要？他凭什么要？怎能说他一定会娶她？

宰　　相　因为我的斐迪南不愿意，除了他又没别的人来顶替。

侍卫长　可您难道没有任何办法让少校改变主意？——不管事情多么棘手，多么令人绝望！——只要能排除那该死的封·波克，世界上再讨厌的事情咱们现在不是也乐意干？

宰　　相　我只知道一个办法，行不行就看您喽。

侍卫长　看我？什么办法？

宰　相　把少校和他的情人拆散。

侍卫长　拆散？您的意思是……您要我干什么？

宰　相　只要使他对姑娘产生疑心，就万事大吉。

侍卫长　让他以为她偷了东西，对吗？

宰　相　唉，不是不是！他怎么会相信这个？——要他以为她还和另一个男人有关系。

侍卫长　这另一个男人？

宰　相　必须您来当，男爵。

侍卫长　我来当？我？——她是贵族吗？

宰　相　干吗是贵族？异想天开！——一个乐师的女儿。

侍卫长　就是说平民喽？这不行。嗯？

宰　相　什么不行？笑话！天地间谁会想到查问漂亮脸蛋儿们的祖宗八代和家庭出身？

侍卫长　可请您考虑，一位有妇之夫！还有我在宫里的名声！

宰　相　那是另外一回事。对不起，我还不知道，在您看来做品德高尚的丈夫，会比当有权有势的大官更重要。咱们别谈了吧？

侍卫长　请别误会，男爵。我不是这个意思。

宰　相　（冷冷地）不——不！您完全有道理。再说呢，我也烦了。我将就此撒手。我祝封·波克荣升宰相。世界上还有的是去处。我向公爵主动辞职。

侍卫长　那我呢？——您说得容易，您！您是位有学问的人！可我算

宰　相	什么？——天哪，要是殿下撤了我，叫我干什么好哇？
宰　相	老皇历。死脑筋。
侍卫长	我求您，老朋友，大好人！——快打消这个念头！什么事我都肯干。
宰　相	您愿意借出您的名字，让那个米勒姑娘写封信约您去幽会吗？
侍卫长	以上帝的名义起誓，我愿意！
宰　相	愿意在某个一定会让少校看见的场合将信掉出来，对吗？
侍卫长	例如在检阅的时候，我可以假装掏手帕，将信漫不经心地扔在地上。
宰　相	并且在少校面前坚持扮演情郎的角色？
侍卫长	得啦得啦！我一定收拾他！我一定扮演个狂热的情郎，把这自以为是的小家伙的胃口倒掉。
宰　相	这就对喽。信今天就写好。天黑前您得再来取信，并且和我一起将您的角色琢磨琢磨。
侍卫长	我一请完那十四个最最重要的安，立刻就赶来。请原谅，我得马上告辞。（下）
宰　相	（摇铃）全靠您的老练狡猾啦，侍卫长。
侍卫长	（扭过头来喊道）嗨，我的天！您还不了解我！

第三场

宰相和伍尔穆。

伍尔穆　提琴师和他老婆给逮起来了，非常顺利，一点儿没有声张。信，大人现在要过目吗？

宰　相　（念完了信）妙极了！妙极了，秘书先生！还有侍卫长也上了钩！——像这样的毒药，足以使健康本身变成腐烂化脓的麻风病！——喏，立刻去对那位父亲提出条件，然后趁热打铁再找他女儿去。（两人从不同的方向下）

第四场

米勒家的一间房间。

露意丝和斐迪南。

露意丝　我求求你，别再来啦。我不相信还会有什么幸福的日子。我已经失去我的一切希望。

斐迪南　可我希望的却更多了。我父亲很生气。我父亲会用一切手段对付我们。他将逼得我做个不孝之子。我再不会尽什么儿子的责任。愤怒和绝望将迫使我揭开他谋杀前任的黑幕。儿子将把父亲送到刽子手手中——这叫铤而走险——而且必须铤而走险，如果我的爱情不得不迈出这勇敢的一步的话！——听着，露意丝——有一个想法，伟大、豪迈如我的爱情，它一阵又一阵地撞击着我的灵魂——这就是你，露意丝，还有我和我们的爱情！在这个圆圈里不包含着整个天空吗？未必你还需要别的第四种什么！

露意丝　行啦，什么也别再说了。一想到你想说的那些话，我便会脸色苍白。

斐迪南　对世界我们已毫无所求，干吗还要去乞求它的喝彩？既然已不可能赢得任何东西而只会失去一切，干吗不冒冒险？——这双眼睛不管是倒映在莱茵河中还是易北河中，还是波罗的海，不是同样地温柔、明亮吗？哪儿有露意丝爱我，哪儿就是我的祖国。你在荒漠中的足迹，对我来说比我故乡的大教堂更值得欣赏——难道我们还会思念城市的繁华吗？只要哪儿有我俩在，哪儿就有太阳升起，太阳落下，露意丝——这壮丽景象将使一切艺术的铺张渲染相形见绌。我们不能再上任何教堂伺奉上帝，夜晚却会在我们的头顶上张开庄严的天幕，盈缺交替的月亮会给我们传播忏悔之道，满天繁星会和我们一起向上帝祈祷。我们的绵绵情话怎么会说得完呢？——我的露意丝嫣然一笑，便足够谈论几个世纪；要体会出你的一滴泪水的含义，生命之梦已做到尽头。

露意丝　难道你除了爱我，不承担任何别的职责？

斐迪南　（拥抱她）保证你的安宁，就是我最神圣的职责。

露意丝　（非常严肃地）那就请你住口，并且离开我——我有一位父亲，他除去我这独生女儿，便一无所有——明天他将满六十岁——他提心吊胆，知道宰相准会对他进行报复……

斐迪南　（迅速抢过话头）让他和我们一块儿走。这样便没啥好说了吧，亲爱的！我马上去变卖值钱的东西，并且从父亲账上提些款子出来。抢夺一个强盗的财物不算犯法；他那许多财产，不都是国家的血泪么？——半夜打一点时有辆车驶到门口来，你们赶紧跳上车。咱们远走高飞。

露意丝　可你父亲会在背后诅咒我们——这样的诅咒，我的冒失鬼啊，就是杀人犯说出来也总会传到上帝耳边，就是缚在绞刑架上的强盗听了也会视为上天的报应，因而心惊胆寒。这样的诅咒将像幽灵，无情地驱赶我们这些流浪者，从天涯到海角，从此岸到彼岸——不，亲爱的！如果只有罪孽能使我得到你，那我还有失去你的力量和勇气。

斐迪南　（黯然站着，脸色阴沉地喃喃道）真的吗？

露意丝　失去你！——呵，这个想法真可怕得要命——够讨厌的，钻不朽的灵魂的牛角尖，让欢乐的灼热面颊变得苍白冰冷——斐迪南啊斐迪南！我怎能失去你哟？不过，只有占有过的东西才可能失掉，而你的心属于你的等级。我占有它的想法实属大逆不道和僭妄，因此只好战战兢兢地将它放弃。

斐迪南　（沉下脸孔，咬住嘴唇）你要放弃？

露意丝　不！瞧着我，亲爱的瓦尔特。别那么咬牙切齿的。来！让我以自己作为榜样，拯救你那垂死的勇气。让我暂充一充女中豪杰——把一个浪子送还给他的父亲——放弃这一使市民社会解体，使永恒的公共秩序崩溃的结合。

我是一个罪人——胸中充满了狂妄、愚蠢的渴望——我的不幸实在是我该受的惩罚。让我继续相信它是我做的牺牲吧——这样的妄想令我感到甜蜜和欣慰——你会拒绝给我这点乐趣吗?

斐迪南　（神思恍惚而激愤地抓过一把提琴，准备要拉——却突然扯断琴弦，将琴摔碎在地，爆发出高声的狂笑）

露意丝　瓦尔特!天上的主啊!你怎么啦?振作起来!——这样的时刻需要镇定——这分手的时刻!你有一颗高贵的心，亲爱的瓦尔特。我了解它。你的爱情像生命一般热烈，并且自由不羁、无穷无尽——把它献给一位高贵而显赫的女子吧——她从此将不再艳羡女性中那些最最幸运的人——（忍住眼泪）请你别再来看我——在寂寞的围墙内，轻率地受蒙骗的姑娘将独自悲痛哭泣，没有任何人再管她是否在流泪——我的未来空虚而无望——可是，我仍将不时地去闻那往昔的花束，虽然它已经枯萎。（转过脸去，同时向他伸出颤抖的右手）请多保重，封·瓦尔特少爷。

斐迪南　（跃起身来，恍若大梦初醒）我决心逃走，露意丝。你真不愿跟我走么?

露意丝　（在房间里侧坐下，双手蒙着脸）我的职责要求我留下，并且逆来顺受。

斐迪南　毒蛇，你撒谎!一定是别的什么拴住了你的心。

露意丝　（音调流露出内心的深沉哀痛）您保留着这样的疑心

吧——它也许会使您好受些。

斐迪南　用冰冷的职责克制火热的爱情！——这样的鬼话哄得了我吗！——必定是有个情夫叫你恋恋不舍；如果我的疑心得到了证实，你和他都将认识我！（冲出房去）

第五场

露意丝独自一人。

她一动不动地、默默无声在圈椅里斜躺了好一会儿，终于站起来。走到舞台前部，惶惶然四处张望。

露意丝　爸爸妈妈怎么还不回来？——爸爸说只出去几分钟，现在已过了整整五个可怕的钟点——他要是出了事——我该怎么好啊？——我为什么呼吸这样急促紧张？（这时候伍尔穆进了房间，站在里侧，没被察觉）没有什么事儿——纯粹是头脑发烧，疑神疑鬼——我们的心灵一旦受到过度惊吓，眼睛便会在任何一个墙旮旯看见魔鬼。

第六场

露意丝和秘书伍尔穆。

伍你穆　（走近她）晚上好啊，小姐！

露意丝　上帝！谁在那儿讲话？（转过身，看见了秘书，吓得连连后退）可怕！可怕！我的不祥预感这么快就得到最不幸的应验。（用鄙夷的目光瞅了瞅伍尔穆）您准是找宰相！他已经走了。

伍尔穆　小姐，我找您！

露意丝　那我就奇怪了，您本该到市集广场上去才对。

伍尔穆　为什么偏偏去那儿？

露意丝　去接您的未婚妻呀，从示众台上。

伍尔穆　米勒小姐，您冤枉我了……

露意丝　（欲答又止，转过话头）请问有何贵干？

伍尔穆　我来是受您父亲的委托。

露意丝　（一惊）受我父亲的委托？——我父亲在什么地方？

伍尔穆　在他不情愿待的地方。

露意丝　上帝啊！快讲！我已感到大难临头——我父亲在什么地方？

伍尔穆　在大牢里，既然您一定要知道。

露意丝　（仰面望着天空）有这样的事！竟有这样的事！——在大牢里？为什么在大牢里？

伍尔穆　遵照公爵的命令。

露意丝　公爵的命令？

伍尔穆　他侮辱了公爵殿下，因为他竟敢对殿下的代表……

露意丝　什么？什么？呵，万能的永恒的上帝啊！

伍尔穆　已经决定从严惩处。

露意丝　还没有完哩！还有这个！——当然当然，我心中除去少校之外，还有另外一些宝贵的情感——它也不容忽视——侮辱殿下——老天有眼！呵，快挽救挽救，快挽救挽救我的信仰，它正在失去！——还有斐迪南呢？

伍尔穆　他要么娶弥尔芙特夫人，要么遭受诅咒，被剥夺继承权。

露意丝　可怕的自由选择！——不过——不过，他还是比较幸运。他没有父亲可失去。虽说压根儿没有父亲也够悲哀的！——我父亲犯上有罪——我爱人要么娶夫人，要么受诅咒并失去继承权——真是太了不起啦！完完全全的无奈也算一种完美！——完美吗？不！还有一点欠缺——我母亲在什么地方！

伍尔穆　在感化院。

露意丝　（轻声惨笑）现在完美了！——完美了，我已经无牵无挂——解除了一切义务——不再有眼泪——不再有快乐——不再受到庇护。我也不再需要它们——（可怕的沉默）您也许还有一大堆新闻吧？尽管讲好了。我现在全都可以听。

伍尔穆　发生了的事情，您已经知道。

露意丝　这么说，就不会再发生什么吗？（又安静下来，从头到脚打量着秘书）可怜的人！您干的是件可悲的差使，从中您不可能得到快乐的。使别人不幸已经够可怕，而更可怕的是还得去向他们宣布——对他们唱猫头鹰的不祥之歌，站在一旁看着他们的心在命运的矛尖上战栗不止，鲜血淋漓；看着基督徒们怀疑是否还存在上帝——

老天保佑我！即使你看见的因恐怖而滴落的鲜血一滴能换一桶黄金——我也不愿意变成你。——还会怎么样？

伍尔穆　我不知道。

露意丝　您竟不知道？——这桩见不得阳光的差使您害怕说出来声音太响，可您墓穴一般阴沉沉的面孔已告诉我有鬼——还有什么花招！——您刚才说，公爵要从严惩处？您说的从严是什么意思？

伍尔穆　别再问了吧。

露意丝　听着，坏蛋！你这刽子手的门徒，你知道如何拿刀子先慢吞吞割断人家脆弱的手脚，接下来却以假惺惺的怜悯去抚弄、舔舐人家颤抖的心！——我父亲的命运将会怎样！你含笑说出的话语中已藏着死亡；你秘而不宣的事情又会是什么？说出来吧。让我一下子担负起全部重荷，哪怕被压得粉身碎骨也行啊！——等待着我父亲的是什么？

伍尔穆　受刑事审判。

露意丝　可这是什么意思！——我是个无知而单纯的女孩子，听不懂你们那些可怕的"外国话"。什么叫刑事审判？

伍尔穆　决定生死的审判。

露意丝　（镇定地）多谢您了！（急忙走进隔壁房间）

伍尔穆　（不知所措地站在原地）她要去哪儿？这傻丫头难道要……见鬼！她该不会是——我得赶上去——我必须对她的生命负责。（准备去追她）

露意丝　（披了一件斗篷走回来）对不起，秘书先生，我要锁门了。

伍尔穆　这么急上哪儿去？

露意丝　去见公爵。（欲走）

伍尔穆　什么？去哪儿？（慌慌张张地拉着她）

露意丝　去见公爵。您听不明白吗？去见的就是那个想要人审判我父亲，决定我父亲是死是生的公爵——不！不是他想要——而是他必须让人审判，因为有几个恶棍希望如此；他仅仅把他的威严和他君王的签名，给予了这个所谓犯上作乱案子的审判罢啦。

伍尔穆　（纵声大笑）去见公爵！

露意丝　我知道您笑什么——可我也并不指望在那儿得到怜悯——上帝保佑我！会得到的只有厌恶——只有对我的呼喊声的厌恶。人家告诉我，世上的大人物都不了解悲惨是什么，而且也不屑于了解。我现在就要告诉他，什么叫悲惨——要用死亡的种种扭曲的怪相，给他描绘出悲惨的嘴脸——要用撕心裂肺的钻进他骨髓的叫唤，让他听见悲惨的语言——即使他这时已听得毛骨悚然，我最后还要冲着他耳朵大吼：到了垂死的一刻，就连地上的神灵也一样会喘不过气来；末日审判中用来甄别善恶的，无论对王侯还是对乞丐，将是同一把筛子！（欲走）

伍尔穆　（恶毒而貌似和气地）您去吧，啊，您快去呀。真的，您这样子再聪明不过。我赞成您去，我向您担保，公爵会乐于开恩的。

露意丝　（突然站住）您说什么？——您自己也劝我去？（快步走回房中）嗯？我到底想干啥？连这个人都赞成的，准是件可鄙可恶的事情——您从哪儿知道，公爵会对我开恩？

伍尔穆　因为他会得到报答。

露意丝　报答？难道做一件合乎人道的好事，也可以开出价码么？

伍尔穆　要说价码呢，漂亮的求情人本身已经足够。

露意丝　（呆呆立着，随后突然爆出一声喊叫）公正无私的主啊！

伍尔穆　而且我希望，为了救出您父亲，您不会认为公爵的这个价码定得太高吧！

露意丝　（来回疾走，失去了控制）是的！是的！一点不错。你们那些大人物，他们万无一失地躲在堡垒中——躲在将他们与真理隔开的罪孽后面，就像躲在天使们的宝剑背后一样——万能的主啊，救救我！爸爸，您女儿情愿为您而死，可是不愿为了您而与人同流合污。

伍尔穆　对那可怜的孤老头，这大概还是个新闻哩——"我的露意丝，"他对我说，"我的露意丝害我摔了跤子。我的露意丝也会把我扶起来……"——赶快把回音带给他吧，小姐。（装着要走的样子）

露意丝　（赶上去拉住他）等一等！等一等！别着急！——在需要折磨人的时候，这魔鬼真叫机灵！——我害他摔了跤子。我必须把他扶起来。您说吧！您吩咐吧！我可以做什么？我必须做什么？

伍尔穆　只有一个办法。

露意丝　一个什么办法？

伍尔穆　也是您父亲希望的——

露意丝　我父亲也希望？那该是啥办法呢？

伍尔穆　对您来说轻而易举。

露意丝　对我说来最难莫过于丧失廉耻。

伍尔穆　要是您同意放弃少校……

露意丝　放弃他的爱情？您在取笑我吧？——明明是硬逼我这么做，又来问我乐意不乐意！

伍尔穆　不是这个意思，亲爱的小姐。得让少校首先主动退出。

露意丝　他不会的。

伍尔穆　看样子是这样。否则来找您干什么，要不是只有您能促使他那样做？

露意丝　难道我能强迫他恨我不成？

伍尔穆　咱们可以试一试。请坐下。

露意丝　（茫然地）嘿，你捣的什么鬼？

伍尔穆　坐下吧。请您写！这儿是纸、笔和墨水。

露意丝　（极度不安地坐下来）叫我写什么？叫我写给谁？

伍尔穆　写给您父亲的刽子手。

露意丝　哈！你真是个拷打人灵魂的老行家！（抓起笔）

伍尔穆　（开始口授）"亲爱的先生——"

露意丝　（哆哆嗦嗦地写着）

伍尔穆　"难以忍受的三天已经熬过去了——熬过去了——我们没有能够见面——"

露意丝 （一怔，放下笔）信是给谁的？

伍尔穆 给您父亲的刽子手呀。

露意丝 我的主啊！

伍尔穆 "为此，您只能怨少校——怨少校——他整天守着我，像百眼巨人阿尔古斯①——"

露意丝 （猛然站起来）卑鄙无耻！有谁听说过！——这封信到底写给谁？

伍尔穆 写给你父亲的刽子手呗。

露意丝 （绞着手指，走来走去）不！不！不！太残酷啦，天啊！如果世人得罪了您，您给他们惩罚吧，可为什么要把我置于进退维谷的可怕境地？为什么要把我夹在死亡与耻辱之间，颠来倒去，受尽折磨？为什么要让这个吸血的恶魔骑在我脖子上，肆意欺凌我？——你们想怎么办就怎么办吧！这信我决不再写了。

伍尔穆 （伸手取帽子）悉听尊便，小姐。写不写完全看您自愿。

露意丝 自愿，您说？看我自愿？——滚，野蛮的家伙！您把一个不幸的人吊在地狱的深渊上边，要求她做件什么事，然后却亵渎上帝，问不幸的人是否自愿！——呵，您再清楚不过，我的心就像拴在铁链上一样，牢牢地被父女之情束缚住了，其他一切都已经无所谓。继续往下念吧，我什么都不再考虑。对阴险狡诈的地狱，我认输

---

① 希腊神话中看守美女伊奥的巨人。

了。(重新坐下)

伍尔穆　"整天守着我,像百眼巨人阿尔古斯"——这句写好了吗?

露意丝　往下念!往下念!

伍尔穆　"昨天,宰相上我家里来了。看见好心的少校拼命维护我的名誉,我心里直乐……"

露意丝　呵,妙,妙!太高明啦!——只管往下念。

伍尔穆　"我假装晕倒过去——晕倒过去——怕的是会笑出声来。"

露意丝　啊,天哪!

伍尔穆　"可这假面具戴着实在难受——实在难受——真恨不得马上逃走!"

露意丝　(停下笔,站起身,低着头来回地走,好似在地上寻找什么,然后又坐下去继续写)"恨不得马上逃走"——

伍尔穆　"明天他值勤——注意他啥时候离开我这里,然后您就去我俩那个地方"——"我俩那个"写上了吗?

露意丝　一字不差。

伍尔穆　"去我俩那个地方找您温柔的……露意丝吧"——

露意丝　现在还差收信人。

伍尔穆　"致宫廷侍卫长封·卡尔勃大人。"

露意丝　永恒的主啊!我从来没听见过这个名字,就像我的心从来没想到过这些可耻的勾当。(站起来,呆呆凝视了自己写的东西好半天,临了还是把它递给秘书,嗓音嘶哑地,气息奄奄地)拿去吧,我的先生。我现在交给您的——是我清白的名字——是我的斐迪南——是我生命的全部欢乐！——现在我已成了一无所有的乞丐！

伍尔穆　嗨，没的事儿，别灰心，亲爱的小姐。我打心眼儿里同情您。也许——谁知道呢？——也许我仍然可以不计较某些事——真的！上帝做证！我同情您。

露意丝　（目光直瞪着他，像要把他看穿似的）得啦，先生，别说出来，您正在转的念头太可怕。

伍尔穆　（打算吻她的手）要是这只可爱的小手……怎么样，亲爱的小姐？

露意丝　（庄严地，厉声地）当心我在新婚之夜掐死你，然后再心满意足地自行走上绞架！（打算离开，但马上又走回来）先生，我们现在清账了吗？小鸽子可以飞走了吗？

伍尔穆　还有一点点小事，小姐。您必须当着我的面去教堂发誓，承认这封信是您自愿写的。

露意丝　上帝啊！上帝啊！难道您必须亲自给这地狱的杰作打上封印，以便它完美无缺么？（被伍尔穆强拉下场）

第四幕

宰相家的大厅。

第一场

斐迪南手里拿着封已拆开的信冲进门来,一名侍从从另一道门上。

斐迪南　侍卫长在这儿吗?
侍　从　少校先生,宰相大人正在找您。
斐迪南　见鬼!我问你侍卫长来了吗?
侍　从　侍卫长老爷在楼上玩儿牌。
斐迪南　叫这混蛋赶快下来见我!(侍从下)

第二场

斐迪南独自飞快地读完信,一会儿呆若木鸡,一会儿绕室狂奔。

斐迪南　不可能。不可能！在这天使一般的躯体内，不可能藏着一颗魔鬼的心……可事实却明摆着！明摆着！就算所有的天使都下到人世，为她的清白担保——就算天和地，就算造物和造物主都聚集起来，为她的清白担保——这可是她的亲笔信呀！——闻所未闻的无耻欺骗，人类从来不曾经历过的欺骗！——这就是为什么她死也不肯逃走！——为的就是这个——上帝呵！——现在我算醒悟啦，现在对我才算真相大白！——就为这个，她才大大方方放弃了我对她的爱情；我差一点，差一点就受了她那天使的假面具的蒙蔽！（越奔越快，最后又停下来静静地沉思）完全摸透了我！——我的每一次感情冲动，每一声心灵震颤，每一回热血激荡，都得到了回应——凭一声细微到极点的无法描述的叹息把握我的心境——用一滴泪水测算出我的感情——伴随我攀登上热情的座座险峰，当我快坠入可怕的深渊时突然出现在眼前——上帝啊！上帝啊！这一切难道仅仅是假象？——假面具？——啊，要是谎言的色泽能这般经久不褪，又怎么可能没有魔鬼混进天国里去呢？

当我指出我们的爱情已处于危险中的时候，这虚伪的女人一下子便脸色苍白，装得真是太像啦！对我父亲的无礼讥嘲，她像个高傲的胜利者似的不屑搭理，可在这一瞬间，这娘们儿似乎也心虚了——不是吗？她到底经受不住真理的严峻考验——这伪善的女人晕倒了过去。你现在还能说什么呢,感情?连淫妇也晕倒了啊。你用什么来替自己辩解呢,贞操?——连婊子也晕倒了啊。

她知道,她已把我变成了什么样子。她看透了我的整个灵魂。在第一次亲吻时我满脸通红的一刹那,我的目光已彻底地展示了我的心——她难道会毫无感觉?或许她仅仅感觉到了胜利的喜悦?——在幸福陶醉的时刻,我幻想她心里装着整个天国,最狂野的愿望也沉默下来了——我心头除去永恒的天国和这个姑娘,别无其他念头——上帝啊!她竟一点没感觉到吗?她唯一感到的,就是她的诡计得逞了吗?就是她卖弄风情赢得了青睐,因而扬扬得意吗?死也要报这个仇!没有别的原因,只为我受骗了吗?

第三场

侍卫长和斐迪南。

侍卫长　(小步跑进房来)您叫人找我吗,亲爱的——?
斐迪南　(喃喃自语)我要扭断一个流氓的脖子!(提高嗓音)侍卫长,这封信想必是您在检阅时从口袋里掉出来的——我呢,(冷笑)很幸运地把它给捡到了。
侍卫长　您?
斐迪南　一个太有趣的巧合。您追究万能的上帝的责任去吧!

侍卫长　您瞧，男爵，您把我吓成了啥样子。

斐迪南　念一念吧！念一念吧。（离开侍卫长）既然我不够资格做个情人，那就不如心甘情愿地为你们搭桥拉纤。（趁侍卫长念信的时候，走到墙边取下两支手枪）

侍卫长　（将信扔在桌子上，准备溜走）该死！

斐迪南　（拽住胳臂将他拉回来）慢着，亲爱的侍卫长。这些新闻我觉得挺有趣。再说，我还没有得到捡信人的酬劳哩。（把枪递给他）

侍卫长　（惊愕，后退）请您理智点，亲爱的。

斐迪南　（声音大而可怕）我太理智了，所以决心把你这样的流氓送到另一个世界去。（硬塞一支枪在他手里，同时从口袋里掏出一张手帕）拿着！抓住这张手帕！——它是我从那婊子手里得到的。

侍卫长　以手帕为界决斗？您疯了吗？瞧你想到哪儿去啦！

斐迪南　抓住这一头，我说。不然你会射偏的，胆小鬼！——瞧他抖得多厉害，这个懦夫！你应该感谢上帝，懦夫，他将让你后脑勺第一次尝到枪子儿的滋味。（侍卫长拔腿溜走）等一等！我请你啦。（赶到他前边，闩上门）

侍卫长　在房子里决斗，男爵？

斐迪南　好像和你也值得跑到城外去似的！——宝贝儿，在房里枪声会更加响亮，这可是你在世界上发出的空前绝后的声音呀——举起枪来吧！

侍卫长　（擦拭额上的汗水）难道您打算拿您宝贵的生命来冒险

么，前程远大的年轻人？

斐迪南　瞄准，我说！在这个世界上，我已别无所求。

侍卫长　可我求的还多着哩，我最最杰出的朋友。

斐迪南　你，奴才？你追求什么？——去干世人全都不屑于干的勾当？去不住地点头哈腰，卑躬屈膝，活像只被大头针钉着的蝴蝶？去记录你主子上厕所的次数，对他讲的笑话应声打哈哈？同样地，我也愿意像带着只稀罕的土拨鼠一样带上你，让你像只猴子似的应和着地狱中死鬼们的吆喝声跳舞，狗颠屁股似的奔来跑去侍候他们，用你混迹宫廷的伎俩去娱悦那些永劫不复的罪人。

侍卫长　老爷吩咐小的什么都可以——只是请把手枪放下！

斐迪南　瞧这窝囊废的德性！——真让用第六天造人的上帝感到羞耻！就像蒂宾根某个书商粗制滥造的盗印本！——你这脑瓜儿实在不争气，太可惜了它里边那两勺子脑髓，真太可惜！仅仅这点儿脑髓，就足以把一只猢狲变成人，可它现在却只造成理性的破坏——我偏偏得和这样一个家伙分享她的心？——太失格了！太不负责任了！——对这样一个家伙，让他改邪归正还来不及，哪能再刺激他去造孽呢？

侍卫长　呵，感谢上帝，他变聪明了！

斐迪南　我让他配受你的感谢。既然连毛毛虫也得到宽容，就让这家伙也沾点光吧。人家将来碰见他也许会耸耸肩，对上帝的英明发出赞叹，佩服他竟然用残渣和垃圾喂养出了这样一些生物；佩服他竟然给刑场上的乌鸦和皇家厕所里的佞臣准备了餐桌。最后，人们还要赞叹上帝的远见卓识，甚至在地狱中他还豢养了一些以毒攻毒的蝮蛇和蜘蛛——可是，（重新怒不可遏）不许害虫碰我的花朵，要不我就将它（抓住侍卫长猛烈摇晃）如此这般地捏得粉碎。

侍卫长　（自怨自艾）上帝呵！谁离开这里就真有福！离开得远远儿的，就算住进巴黎的疯人院也不错！只要别和这人在一起！

斐迪南　混蛋！要是她不再清白无瑕！混蛋！要是你在我顶礼膜拜的圣地寻花问柳！（狂怒）在我伺奉上帝的天国耽于淫乐！（突然静下来，然后咄咄逼人地）要是你是这样一个混蛋，你就真该早早逃进地狱去还好些，免得在天堂里撞在我的气头上！——你和那姑娘的关系究竟有多深？坦白讲！

侍卫长　请您放开我。我把一切全讲出来。

斐迪南　呵！和这姑娘乱搞，该比尽情地嫖娼宿妓更带劲儿吧！——她愿意放荡，她愿意她能够贬低灵魂的价值，以淫乐冒充德行。（用手枪顶住侍卫长胸口）你和她究竟有什么关系？要不我开枪，要不你说出来！

侍卫长　什么关系也没有——真的什么关系也没有。请您哪怕忍耐一分钟。您上当受骗啦。

斐迪南　用得着你来提醒我吗，恶棍？——你和她关系有多深？

说，要不我杀了你！

侍卫长　我的上帝！我的上帝！我说就是了——您只管听着吧——她父亲——她的亲生父亲——

斐迪南　（狠狠地）把他女儿拉来和你姘在一起？那么你和她已经到了什么程度？说，不说我要你的命！

侍卫长　您疯了。您听不进我的话。我从没见过她，也不认识她。我压根儿不了解她的情况。

斐迪南　（连连后退）你从没见过她？也不认识她？压根儿不了解她的情况？——米勒姑娘为你失去了清白，你却一口气说了她三个不？——滚，坏蛋！（用枪揍他一下，把他推出房间）这样的人不值得浪费火药！

第四场

斐迪南独自一人，久久地缄默无语，脸上的表情表明他正经历着可怕的思想斗争。

斐迪南　完了！是的，不幸的人！——我是不幸，你也一样。是的，伟大的上帝做证！如果我完了，你也完了！世界的裁判者呵，别夺去她，这姑娘是我的。为了她，我可以把你的整个世界让给你，情愿放弃你的整个美妙绝伦的创造。把姑娘留给我吧。世界的裁判者啊，那边有千百万灵魂在对你哀哀求告，转过你怜悯的目光去吧——让我独自料理我的事好啦,世界的裁判者!(狂躁地搓着手)难道富有而万能的造物主会吝惜一个灵魂,而且还是他所创造的最最卑劣的灵魂?——那姑娘是我的!当初,我是她的上帝;现在,我将成为她的魔鬼!(眼睛定定地望着一个屋角)永远和她一起绑在苦刑的巨轮上——眼睛死死盯着眼睛——头发竖立起来——连我们空虚的叹息呜咽也融为一体——现在我要再给她一些温存,让她再听听自己那如歌唱一般悦耳的誓言——上帝啊!上帝啊!这样的结合是可怕的——但却永不分离!(准备跑出去,宰相却走了进来)

第五场

宰相和斐迪南。

斐迪南 (退回房中)啊!——爸爸!
宰 相 很好,咱们在这儿碰见了,孩子。我来通知你一件叫你高兴的事,亲爱的儿子,一件准会叫你喜出望外的事。咱们坐下来好吗?
斐迪南 (久久地凝视着父亲,然后激动万分地跑上去抓住他的手)爸爸!(吻他的手,同时跪在他脚下)呵,爸爸!
宰 相 怎么啦,孩子?快站起来。你的手又烫又哆嗦。
斐迪南 (极其热烈、冲动)原谅我的忘恩负义,爸爸!我是个不孝的逆子。我误解了您的好心。您待我一片慈爱——啊！您要早有先见之明——现在已太迟啦——原谅我！原谅我！给我您的祝福吧，爸爸！

宰　　相　（装出莫名其妙的样子）站起来，孩子！想一想，你这不是给我打哑谜吗？

斐迪南　米勒那丫头，爸爸——啊，您了解这个人——当时您生气是完全对的，是表现了高尚的慈父之爱——只是爱子心切，方法不当——米勒那丫头！

宰　　相　别折磨我了，孩子。我恨自己太严厉！我是来请你原谅的。

斐迪南　请我原谅？诅咒我吧！——您不同意十分明智。您的严厉是对我天大的爱惜——米勒那丫头，爸爸……

宰　　相　是个高贵而可爱的姑娘——我收回我操之过急的怀疑，她已赢得我的尊重。

斐迪南　（震惊得跳起来）什么？您也……？爸爸！连您也……？——可不是吗，爸爸，生就一副纯洁无邪的好模样？——爱这样的姑娘，真是太合乎人情了。对吗？

宰　　相　也可以说：不爱她等于犯罪。

斐迪南　闻所未闻！岂有此理！——以往您可是很能洞悉人心的哟！而且您通常都是用仇恨的眼睛观察他人！——绝无仅有的伪善——这个米勒丫头，爸爸……

宰　　相　她有资格做我的女儿。我把她的德行看作高贵的出身，我珍视她的美貌如同金子。我的原则对你的爱情低头了——她应该属于你!

斐迪南 （发疯似的冲出房间）决不！再见吧，爸爸。（下）
宰　相 （跟着他）等等！等等！你奔哪儿去？（下）

第六场

弥尔芙特夫人十分豪华的客厅。
夫人和使女索菲走进来。

夫　人 这么说你见着她了？她会来吗？
索　菲 马上来。她还随便穿着在家时的衣服，准备赶快换一换。
夫　人 别告诉我她的任何情况——什么也别讲——要见到这个幸运的人，这个和我可怕地心心相印的女子，我哆嗦得跟个罪犯一样——在接到邀请时她态度如何？
索　菲 她好像很吃惊，沉思着，睁大眼睛瞪着我，一声不响。我原本做好了她会推辞的思想准备，谁知她却眼睛一亮，完全出乎我意料地回答说："您夫人吩咐的，正是我明天要去求她的事。"
夫　人 （非常不安）饶了我吧，索菲。可怜可怜我。要是她只是个平凡的女子，我一定会脸红；要是她超出了平凡，我更会胆怯啊。
索　菲 可是夫人——您并非心血来潮，贸然接待一位情敌。想一想，您是什么人。让您的出身、您的地位、您的权势，来替您壮胆吧。一颗骄傲的心，定能提高您仪表的端庄和美丽。

夫　人　（神不守舍地）胡说些什么呀，傻瓜！

索　菲　（狡黠地）如此看来，今天这些最值价的宝石在您身上闪闪发光，也许是碰巧喽？还有，您碰巧今天穿上了最名贵的衣料缝的裙子——并且在您的房里挤满了仆人和侍者，还要在您宫内最豪华的客厅接待一个市民少女，对吗？

夫　人　（气急败坏地走来走去）真该死！真过分！女人看女人的弱点，眼睛就跟夜猫子一样！——可我堕落得有多深啊，多深啊，竟让这样一个贱人来揭自己的底！

侍　从　（走上场）米勒小姐到……

夫　人　（冲索菲）走吧，你！退出去！（索菲还迟疑着。语气变得严厉）走！我命令你！（索菲下。在厅内转了一圈）好！很好，我动了气。我就想这样子。（对侍从）叫小姐进来。（侍从下。猛地坐进沙发，摆出个高贵的懒洋洋的姿势）

第七场

露意丝·米勒怯生生地走进来，离弥尔芙特夫人老远便站住了；夫人背冲着她，在对面立着的一面镜子中仔细观察了她好一阵。

片刻静场之后。

露意丝　夫人，我听候您的吩咐。

夫　人　（朝露意丝转过身来，微微点一点头，疏远而矜持地）啊哈！你来了！——一定是那位——小姐吧——人家怎么叫你来着？

露意丝　（略显不悦）我父亲姓米勒，是夫人派人请他女儿来的。

夫　人　对！对！我想起来了——那个穷提琴师的女儿，近来人们常常议论你哪。（停了一会儿，自言自语地）挺有趣的，可还算不上美人儿——（大声对露意丝）走近点儿，孩子。（重新自言自语）眼睛——惯会哭哭啼啼的眼睛，它们多么叫人爱怜啊！（重新大声地）再走近点儿——到跟前来，好孩子。——我想，你怕我吧？

露意丝　（庄重地，以坚定的口吻）不，夫人！我鄙视世人的偏见。

夫　人　（自言自语）你瞧瞧，这倔强劲儿她准是从他那儿学来的。（大声）人家向我推荐了你，姑娘。说你进过学校，生活方面的事也在行——好吧。我愿意相信，即使全世界提出异议我也不在乎，对你那热心肠的推荐者我深信不疑。

露意丝　可我不知道什么人会劳神费心，来替我寻求您的庇护，夫人！

夫　人　（矫揉造作地）费心地寻求的要么说是求你庇护的人，要么说是庇护你的人。

露意丝　这话我不明白，夫人。

夫　人　比表面上看来要狡猾得多！你说你叫露意丝？你多大啦，

如果允许我问的话？

露意丝　已满十六岁。

夫　人　（迅速站起来）原来如此！十六岁！情窦初开！——恰似一台新钢琴上叩击出的第一响清脆如银的妙音！还有什么更富于诱惑力呢？——坐下，我对你没有恶意，可爱的姑娘——而且他也是初恋——当朝霞和朝霞聚在了一起，有什么好奇怪的呢？（非常和蔼地拉着露意丝的手）说定了，我要成全你的幸福，亲爱的——那不过是一些甜蜜的、稍纵即逝的梦罢了，如此而已，没有别的。（拍拍露意丝的脸颊）我的索菲快结婚了，想让你来接替她——十六岁，长久不了的喽。

露意丝　（恭敬地吻她的手）感谢您的恩典，夫人，可是我不能领您的情。

夫　人　（气愤地倒在沙发上）架子真不小哩！——别的跟你一样出身的女孩子要能走进大户人家，高兴都还来不及哩。——你究竟做何打算，高贵的小姐？你这双可爱的小手就不屑于干活儿？你这张略有姿色的面孔就值得您骄傲？

露意丝　我这张面孔，夫人，和我的出身一样，对我来说都不太重要。

夫　人　也许你认为美貌永不消失吧？——可怜的丫头，谁给你脑子里塞进了这种想法？——管他是谁呢，总归他都要了你们两个。这张脸蛋儿并不曾在烈火中炼成金子。你那镜子兜售给你的永久牢固的东西，只不过是一层薄薄的金箔，不免迟早都会让你的追求者给抹去的。——到那时，咱们可怎么办？

露意丝　替那个追求者惋惜，夫人，他买了像是镀金的假宝贝。

夫　人　（不理睬对方说什么）一个像你这样年龄的姑娘，她通常同时有两面镜子，一面是真镜子，一面是她的崇拜者——后一面的圆滑奉承，刚好弥补了前一面的直率粗鲁。这个说，脸上有颗丑陋的麻子呢。那个说，胡扯，那是个妩媚动人的酒窝儿。你们好孩子，只有后一个也说了你们才相信前一个；你们就这么不断地跳来跳去，临了就会将两面镜子说的话搞混了哟。——干吗这么死盯着我？

露意丝　请原谅，夫人！——我刚才正要为您这颗灿烂夺目的红宝石痛哭一场，它竟然不了解它的拥有者夫人您是这样起劲地反对虚荣。

夫　人　（脸红了）别扯到一边去，丫头！——要不是你那几分姿色，世界上还有什么会妨碍你挑选这个唯一能使你丢掉市民偏见的地方。

露意丝　也丢掉我市民少女的纯洁吗，夫人？

夫　人　愚蠢，放肆！就连最粗野的恶棍也没胆量对我们无礼，要不是我们自己纵容他。我倒要看看到底是什么人，有多大面子，有多么高贵！我告诉你，看在你年轻的分上，我才一切都不计较。

露意丝　请原谅，夫人，我还是要鼓起勇气表示怀疑。某些贵夫人的府邸公馆，不是常常进行最荒唐享乐的场所吗？谁又相信一个贫穷的提琴师的女儿，会有这样的英雄气概，敢于投身到那样的瘟疫滋生地，同时又因害怕传染而浑身战栗呢？谁会梦想弥尔芙特夫人会给自己的良心养一只永远赶不走的蝎子，会梦想她会破费大量的钱财，只是为了换得随时会感到羞耻和脸红这个好处呢？——我很坦率，夫人——当您打算去寻欢作乐的时候，看见我您会开心吗？当您尽兴归来时，看见我您受得了吗？——呵，倒不如让我们天各一方——倒不如让我们之间隔着大海——更好一些！——您好好想一想，夫人——清醒的时刻，枯竭的瞬间，会到来的——悔恨的毒蛇会咬噬您的心，那时——您将何等痛苦，特别是面对着一个心地纯善因而总是满脸愉快、宁静的使女。（后退一步）再说一遍，夫人，我请您多多原谅。

夫　人　（激动地走来走去）受不了，她敢对我讲这样的话！更加受不了，她竟然讲得对！（走到露意丝跟前，死死盯住她的眼睛）姑娘，你骗不了我。光有思想不会说得这么动情。在这些信条背后，必然隐藏着强烈的欲望；是它，使你把替我干事描绘得格外可恶——使你讲起话来充满火气——（威胁地）我一定要将它揭露出来。

露意丝　（镇定、端庄地）您就揭露好了！可当您轻蔑地用脚踩那被侮辱的可怜虫时，当心造物主也会让它长上刺，好使它能反抗虐待！——我不怕您报复，夫人！——在臭名昭著的绞架上，可怜的女罪人将笑看世界末日到来——我的苦难已经如此深重，就连法律本身也不可能再使它增加半点。（稍停，非常严肃地）您想把我从自己出身的低贱环境中拉出来，我不想细细地分析它——这可疑的恩惠。我只想问，是什么促使夫人您把我当成一个傻瓜，以为我会因为自己的出身而脸红？是什么使您觉得有权来充当我幸福的创造者，还在您弄清楚我是否肯从您手中获取幸福之前？——我已经撕碎在人世间得到欢乐的全部梦想，已经谅解幸福的过早逝去——您干吗还要让我重新想起它们？——在上帝本身已经遮住他造物眼前的亮光，以致他最大的光明天使也不再厌恶黑暗的时候，人干吗还要装得表面慈悲，实际残酷呢？——怎么搞的，夫人，您那炫耀不够的幸福，怎么总爱乞求苦难的羡慕和赞赏呢？——您的欢乐就这么需要绝望来装点吗？——啊，仁慈的主，那您还是让我变成瞎子吧！只有眼睛瞎了，我才可能与野蛮的命运讲和。——昆虫在一滴水里会感到如像在天国一般快乐幸福；但一旦人们告诉它存在大海，大海里有船队在航行，有鲸群在嬉戏，它的那点儿快乐幸福便完了！——您是希望我得到幸福，对吗？（稍停一会儿，随后突然逼近夫人，出其不意地问）那您自己幸福吗，夫人？（夫人愕然地迅速离开。追上去拉起夫人的手，按在夫人胸口上）您这颗心，是否也像您的阶级一样眉开眼笑呢？要是我以孩子的天真无邪——要是我向您的良心发出呼吁——要是我把您当作自己的母亲来问您——您会劝我做这样的交换吗？

夫　人　（万分激动地跌进沙发）没听说过！莫名其妙！不，姑娘，不！你在这个世界上见识的还不多，要充当教训者还太年轻。别对我说谎。我分明听出来另一位导师的声音——

露意丝　（目光温柔而锐利地盯着她的眼睛）这就叫我感到奇怪了，夫人；您早已替我安排好一个使女的位置，现在才提到这位导师。

夫　人　（跳起来）岂有此理！——就算是吧，既然你不容我回避！我认识他——了解所有情况——了解的比我希望的还多。（突然停住，然后越讲越激动，直至差一点大发雷霆）可是不幸的人，要是你现在还敢——还敢爱他或者让他爱你——我说什么来着？——还敢思念他或者成为他思念的一部分——不幸的人啊！我有权有势——令人生畏——我说话算话，一定叫你完蛋。

露意丝　（镇定地）无可挽回啦，夫人，只要您开始强迫他，想使他不得不爱您。

夫　人　我懂你的意思——可我不要他爱我。我决心战胜这该死的热情，克制自己的心，并且也将你的心碾碎。——我要在你们之间设下危岩和深渊一般的障碍；我要让你们头顶上飞翔着复仇女神；我的名字将像一个作祟的幽灵，惊散你们的一次次亲吻；你青春美丽的身体在他的怀抱里，将枯萎干缩成一具木乃伊！——我是不能和他一起得到幸福——可也不允许你和他幸福！——记住，可怜虫，破坏幸福也是一种幸福！

露意丝　是一种幸福，夫人，不过呢它已让人给您抢走了。别糟蹋自己的心吧。您对我赌咒发誓的那些威胁，您是干不出来的。您不会忍心去折磨一个完全无损于您的女孩，她相反倒与您同病相怜哩——而且，就冲您这股子狂热劲儿，我倒爱您了，夫人。

夫　人　（渐渐冷静下来）我现在在哪儿？刚才在哪儿？我让人记住什么？叫什么人记住？——呵，露意丝，高尚的，伟大的，圣洁的灵魂！原谅这个疯女人吧！——我不会伤害你一根毫毛，孩子。说吧，有什么愿望，有什么要求！我要用双手捧着你，做你的朋友，做你的姊妹。——你穷不是吗？——瞧！——（从身上摘下几颗钻石）我要把这些首饰卖掉——把我的衣服、马匹和马车卖掉——卖的钱全部归你，可你得放弃他！

露意丝　（愕然倒退）她是在寻一个绝望者的开心呢，还是真的没参与那残忍的勾当？——哈！这样我倒还可以装装英雄，把自己的无能无奈美化成功德啦。（伫立沉思，过一会儿又走近夫人，拉住她的手，意味深长地凝视着她）夫人，您就把他拿去吧！——我自愿让给您了，这个那帮家伙用地狱的铁钩，从我流血的心上挖走的男子！——也许您自己不知道，夫人，可您践踏了两个相爱者的天堂，拆散了上帝结合起来的两颗心；您毁了一个女孩，她和您一样亲近上帝，一样为他所创造，一样有权享受欢乐，一样曾经赞美过他。可从今以后，她将不再赞美上帝了，夫人！——一只被踩死的虫子的最后挣扎，同样会传到全知全能的上帝耳中——他不会无动于衷的，要是有人扼杀生灵！现在他是您的了！现在，夫人，把他拿去吧！快去投入他的怀抱！拉他走向祭坛！——只是请您别忘了，当你俩在婚礼进行时准备亲吻的一刹那，将有一个自杀女子的冤魂冲进你们中间！——愿上帝慈悲——我实在没别的路走了！（冲出门去）

第八场

弥尔芙特夫人独自站在厅中，目光呆滞地瞪着露意丝冲出去的厅门，震惊得失去了自持；终于，她从神志迷乱中清醒过来。

夫　人　我这是怎么啦？怎么回事？那不幸的女孩她说了些什么？——啊，天啦！它们，她那些可怕的、诅咒我的话语还撕扯着我的耳朵：把他拿去吧！她说。——谁呢，不幸的姑娘？你临终喘息的馈赠——你绝望恐怖的遗物吗？上帝！上帝！我已经堕落到这步田地——已经这么突然从所有骄傲自尊的王座上摔下来，以致饿鬼似的渴望着，期待着，要去接受一个女乞丐在垂死挣扎时抛过来的施舍么？——把他拿去吧！她说话时是那样一种语气，还伴着那样一种眼色——哈！艾米莉呀艾米莉！难道你就为此而越出女性的规范？你就必须为此而做人家的姘妇，丧失伟大的不列颠女性的名节，让自己荣誉的大厦在一个低贱的平民女子更高的德行旁倾覆么？——不，傲慢而不幸的姑娘！不！——艾米莉·弥尔芙特可以忍受耻辱——可绝不让人辱骂！我也一样有能力放弃。（神情庄严地来回走着）滚开吧，软弱的愁眉苦脸的女人！——别了，爱情甜美的金色的梦境！——从此我要以心胸博大为行动的准绳！——那相爱的一对儿完了，除非我打消心头的欲念，并且让公爵永远将我忘记！（稍停，兴奋地）就这么办！——搬掉可怕的障碍——割断我与公爵之间的一切联系——驱走我胸中狂暴的爱情！——德行啊，我要投身你的怀抱！——收留她吧，你的悔过自新的女儿艾米莉！——哈，我一下子心情多么舒畅！我一下子感到多么轻松！多么高尚！——今天，我就要像落日一般伟大地步下权势的高峰；我的荣华富贵将与我的爱情一道逝去；陪伴我完成高傲的放逐的，仅仅是我的心。（坚决地走向写字台）必须马上就办——立刻就办，免得那可爱的青年再迷住

我，重新引起我内心的殊死斗争。（坐下开始写）

第九场

弥尔芙特夫人，一名侍从以及索菲。随后又来了宫廷侍卫长，最后再进来仆人若干名。

侍　从　侍卫长奉公爵之命来到，正等候在前厅里。

夫　人　（写得正起劲）他会给搞糊涂了的，那木偶似的公爵！诚然，也够异想天开啊，竟这样子去剖他那至尊的脑袋瓜儿！——他那班宠幸会变成热锅上的蚂蚁——全国上下将乱作一团。

侍从和索菲　侍卫长，夫人……

夫　人　（转过头来）谁？什么？——那更好！这类畜牲来到世界上为的就是驮大口袋。请他进来吧。

侍　从　（下）

索　菲　（怯生生地挨近夫人）我不得不担心，夫人，我这样做近乎放肆——（夫人仍一个劲儿往下写）米勒那丫头发疯似的冲过前厅——您也满脸通红——自言自语——（夫人继续写着）我害怕——准保会闹出什么乱子来的？

侍卫长　（走进来，冲着夫人的脊背不住地鞠躬，发现她没看见，就挨过去，站在她的椅子背后，轻轻抓起她的裙裾来按在嘴上吻了一下，细声细气地，诚惶诚恐地）公爵殿下他……

夫　　人　（一边往信上撒沙子同时飞快检查信的内容，一边接过话头）他将怪我忘恩负义呢！——我曾经孤苦伶仃，他把我从苦难中拉扯了出来——从苦难中？——好个令人恶心的交易！——该撕掉你的账单了，骗子！我将以终身的耻辱还清你的高利贷！

侍卫长　（围着夫人转了一圈仍未受到注意）夫人像有点心不在焉——看来我只好鼓一鼓勇气了。（猛地提高嗓门儿）殿下派我来请问夫人，今晚是演法国通俗剧呢还是德国喜剧？

夫　　人　（笑着站起来）随便哪个都行，我的天使。——顺便请您把这张条子带给公爵当饭后果！（转向索菲）你，索菲，吩咐套好车，并把我的行装全部集中到厅里来——

索　　菲　（惊惶地退下）呵，天！我不早有预感吗！谁知还会出什么事？

侍卫长　您挺激动吗，夫人？

夫　　人　这样就可以少装模作样——哈哈，侍卫长大人！这儿将空出一个位置来，拉皮条的该交好运啦！（发现侍卫长在瞟字条）您念吧！您念吧！——我希望，信的内容不仅仅成为两个人之间的秘密。

侍卫长　（念信，夫人的仆役们慢慢在大厅后部聚集起来）"公爵殿下！一纸您随随便便就撕毁了的契约，对我也再不会有约束力了。您的公国民众的幸福，曾是我爱您的条件。三年来我一直在受骗，现在才睁开眼睛。我厌恶您给我淌着您臣民们泪水的恩惠。——我不再报答您的爱，您就把它给予自己哭泣的国家，并向一位不列颠女公爵学习，像她一样怜悯您的德意志人民吧。一小时后，我已在公国境外。约翰娜·诺弗克"

全体仆役 （吃惊地嘀嘀咕咕）已在公国境外？

侍卫长 （吓得把字条放回桌子上）上帝保佑，我最仁慈的夫人！带信的人和写信的人一样，脑袋恐怕都有危险。

夫　人 那就是你的问题了，宝贝儿！——遗憾的是我知道，你们这号人在重复别人念的经时也会噎死！——好吧，我就给你出个主意，把信烤在野味饼里得啦；这样殿下自会在盆子里发现它的——

侍卫长 老天！这样做太放肆！——您考虑考虑，您可是想一想，这会叫大家多么狼狈，夫人！

夫　人 （转向聚集起来的仆人们，怀着内心的激动说出下面的话）你们都惊呆了，我的好人们，都惶惶不安地等待着谜底将怎样揭开，是吗？——走近些，亲爱的朋友！——你们侍候我既诚实又体贴，更经常地注意我的眼睛，而不是我的钱袋。你们的奉命唯谨是出于你们的热情，出于你们的骄傲——是对我的恩惠！——可叹啊，怀念你们的忠诚，同时必然想起我的屈辱！悲惨的命运啊，我最黑暗的日子偏偏是你们幸福的日子！（眼里噙着泪水）我现在就辞退你们，我的孩子们——弥尔芙特夫人不复存在，而约翰娜·诺弗克又太穷，无力偿付她欠的债。——我的管账先生将倾我的所有，任随你们瓜分。——这座府邸仍旧属于公爵。你们中最寒碜的，在离开此地时，也将比你们的女主人富有。（伸出手去，众仆役挨个儿上前热烈地亲吻）我理解你们，我的好人们——再见了！永远再见了！（强压悲哀，打起精神）我听见车已经到了。（抽身准备出去，侍卫长急忙拦住去路）可怜的家伙，你还站在这儿？

侍卫长 （一直神不守舍地盯着字条发愣）要我把这张条子呈到公爵殿下高贵的手里吗？

夫　人 可怜的家伙！呈到他那高贵的手里，并且向他高贵的耳朵禀报，因为我不能赤着脚去圣地洛莱托清洗罪孽，我将做一个自食其力的人，以便洗刷掉我曾经左右过他的耻辱。（冲出厅去。其余的人全都激动地各奔东西）

第五幕

黄昏时分，乐师家的一间房间。

第一场

露意丝静静地、一动不动地坐在最幽暗的屋角里，头伏在胳臂上。过了好久，才见米勒提着灯笼走进来，惊惶不安地在屋里照来照去，却没有发现露意丝。随后他摘掉帽子，放在桌上，再将灯笼放下。

米　勒　这儿也没有她。这儿还是没有——我跑遍了大街小巷，去过所有熟人家里，每一道城门都问过了——人家哪儿也没见着我的孩子。（沉默良久）得有耐心，可怜而不幸的父亲。等着吧，等到明天再说。也许你的独生女儿到时候就游到岸边来了——上帝啊！上帝啊！是我的心太眷念这个女儿，把她当神一般对待了吗！——你的惩罚太重啦，天父啊，太重啦！我不想抱怨，天父，可惩

罚太重啦。(痛苦不堪地倒在一把椅子上)

露意丝　(在屋角里说)您做得对,可怜的老爸爸!您还得及时学会失去哟。

米　勒　(一跃而起)是你吗,我的孩子?你在这儿?——干吗这么孤零零的,灯也不点?

露意丝　我并不因此孤独。正因为我周围一片黑暗,才会有贵客上门。

米　勒　上帝保佑你!只有良心的蛀虫才迷恋猫头鹰,罪孽和鬼魅都害怕光明。

露意丝　还有永劫,爸爸,还有无需任何帮助便与灵魂对话的永劫。

米　勒　孩子!孩子!你这是些什么话呀?

露意丝　(站起来往前走)我刚经历了一场激烈的斗争,上帝清楚,爸爸。是他给了我力量。胜败已经决定了,爸爸!世人总说我们女性是娇嫩的、脆弱的。别再相信这种话。在一只蜘蛛面前我们是会吓得发抖,可那带来腐烂和毁灭的黑色巨魔,我们却可以玩儿似的搂进怀里。这就是我要告诉您的,爸爸。您的露意丝快活着哩。

米　勒　听着,女儿!我倒希望你大哭一场。这样子,我会更加喜欢。

露意丝　我多想斗败他啊,爸爸!我多想骗过那个暴君啊,爸爸!——爱情比心肠狠毒更狡猾和大胆——他不懂得这个道理,那个倒霉的家伙。——啊,他们是够奸刁的,在他们仅仅对付头脑的时候；可一旦他们要对付人心，这些恶棍就愚蠢起来了！——他竟想以一句誓言替他的骗局保险！誓言也许能束缚住活人，爸爸，可人一死，连宣誓的铁链也会熔化。到那时，斐迪南会理解他的露意丝。——您愿意替我送封信吗，爸爸？您愿意行行好吗？

米　勒　送给谁，我的女儿？

露意丝　问得好怪！无限的宇宙和我的心加在一起，也不够容纳我对他唯一的思念。——我还能向别的什么人写信呢？

米　勒　（不安地）听着，孩子！我要拆开这封信。

露意丝　随您的便吧，爸爸——可您什么也不会明白的。字母就像冷冰冰的死尸似的躺着，唯有爱情的眼睛才富于生气。

米　勒　（念信）"你被出卖了，斐迪南——一个没有先例的阴谋扯碎了我俩的同心结，可怕的誓言又封住了我的嘴；你父亲到处安排有他的密探。然而，亲爱的，你要是有勇气的话——我还知道第三个地方，那儿誓言不再有约束力，任何密探也闯不进来。"（停住，严肃地凝视着她的脸）

露意丝　干吗这样瞅着我？念完呀，爸爸！

米　勒　"可你必须鼓足勇气穿行黑暗的街道，在那儿给你光明的唯有你的露意丝和上帝——你只需带来你的爱，其他的一切希冀和渴望，你通通可以留在家里；在那儿，你只需要你的心。你要愿意——那就启程吧，在卡美尔派修道院的钟楼敲十二点的时候。你要胆怯——那就从你们男人的称谓前划去'坚强'这个词,因为一个姑娘叫你蒙受了羞耻。"(米勒放下信,目光沉痛、呆滞地久久凝视着前方,好久才转过身来对着露意丝,嗓音低沉嘶哑地)什么第三个地方,孩子?

露意丝　您不知道它。您真的不知道吗,爸爸?——奇怪!这个地方说得很清楚,斐迪南会找到的。

米　勒　唔!再讲清楚点!

露意丝　对它我偏偏想不起什么可爱的称呼。——您千万别害怕,爸爸,要是我说出难听的来。这个地方——这个情人们本该给它取一个最动听的名字的地方,啊,不知为什么他们却没想出好名字!这第三个地方哟,好爸爸——您可得让我说完呀——这第三个地方叫坟墓。

米　勒　(歪歪倒倒地走向一把圈椅)我的上帝啊!

露意丝　(赶过去扶住他)可别这样,爸爸!仅仅是围绕这个称呼聚集起了许多恐惧的缘故——撇开这个称呼,在它里边摆放着新娘的寝床,床顶上铺展开了锦缎般的朝霞,还有年复一年的春天悬挂的五彩花环呢。只有大哭大叫的罪人才会骂死是一堆白骨;它其实是个甜蜜可爱的小男孩,容光焕发如世人画的小爱神,但不像爱神似的刁钻古怪——死是一个沉静而乐于助人的精灵,它越过时间的鸿沟,伸出手臂迎接疲惫不堪的朝圣女子,为她的灵魂开启永恒的灿烂辉煌的仙宫,亲切地对她点着头,然后隐去。

米　勒　你想干什么，我的女儿？——你想擅自戕害你的生命吗？

露意丝　别这么讲，爸爸。逃避一个容不下我的社会——提前去到一个我迟早得去的地方——这难道也算是罪孽？

米　勒　自杀是再可恶不过的了，孩子——是唯一无法追悔的罪孽，因为它将死亡与犯罪结合在一起。

露意丝　（呆立着）可怕呵！——不过不会这么快。我打算跳进河中，爸爸，我将在沉下去时祈求全能的上帝怜悯我。

米　勒　这就是说，你要在赃物藏好后才来忏悔你的偷窃罪——孩子！孩子！当心啊，别愚弄上帝，当你最需要他的时候！呵，瞧你已经走得有多远，有多远！——你放弃了祈祷，仁慈的主已经收回他扶持你的手。

露意丝　爱难道犯罪吗，爸爸？

米　勒　如果你爱上帝，你就绝不会爱到犯罪的地步——你害得我头垂腰弯，我唯一的宝贝儿！深深地，深深地，也许已经接近坟墓。——得啦！我不想使你心情更加沉重，孩子！刚才说了点什么。我以为房里只我一个人。你已经听见了，我何必再保什么密呢？你曾是我崇拜的女神。听着，露意丝，只要你心中还有一点对父亲的体贴——你曾经是我的一切啊！现在你别再浪费你的财富了。我也可能失去一切啊！你瞧，我的头发已开始花白。对我来说，已经到了做父亲的该从儿女心中收回投资和红利的时候了。你想要剥夺我的这种权利吗？你想带上你父亲的全部财富一去不返吗？

露意丝　（异常激动地吻他的手）不，爸爸！我将带着对您的重债离开这个世界，到了永恒的彼岸再加倍偿还你。

米　勒　注意啊，孩子，可别失算！（非常严肃和庄重地）在彼岸我们还可能重逢吗？——瞧，你脸色变得多么苍白！——我的露意丝自己也已明白过来，在那个世界我不可能再赶上她，因为我还不会像她似的急急忙忙上那里去。（露意丝扑进他怀里，浑身战栗。他热烈地搂着她，用哀求的声调继续说）啊，孩子！孩子！我也许已经失去了你，走向死亡的女儿！记住我这做父亲的认真的话吧！我不可能时刻守着你。我可以搜走你的刀子，你却能用一根别针杀死自己。我可以防止你服毒，你却能用一串珍珠将自己勒死。——露意丝——露意丝——我还能做的，只是对你发出警告。——你愿意冒险尝试一下，让你那不可靠的幻想在时间与永恒之间的可怕小桥上，将你背弃吗？你愿在全能全知者的座前，鼓起勇气撒谎说："主啊，为了你的缘故，我来了"吗？——到那时，你有罪的眼睛将四处搜寻你的傀儡躯壳；你头脑中臆造的脆弱上帝也将像你一样，跟蛆虫似的在你的审判者脚下蜷曲着身子，在那进退失据的时刻揭穿你自以为是的亵渎神圣的假话，打掉你对永恒的慈悲的幻想——这样的慈悲，是一个罪人根本不可能乞求到的——到那时，你该怎么办啊？（加重语气，提高嗓门儿）你怎么办，不幸的孩子？（将她搂得更紧，呆呆地盯了她好一会儿，然后迅速离开她）现在我再不知道说什么了——（举起手臂）主啊，我不再替你照管这个灵魂！去吧，你想干什么就干什么。去为你那高个儿青年做出牺牲，你的魔鬼会因此欢呼狂叫，你的天使却将退避三舍。——去呀！背起你的全部罪孽，并且将你这最后的也是最可怕的罪孽加上；要是你还嫌太轻，那就让我的诅咒给你凑足分量吧！——这儿是一把刀——戳穿你的心，还有——（同时嚎啕大哭，准备冲出门去）——这颗父亲的心！

露意丝　（赶紧追上去）等一等！等一等！我的爸爸！慈爱比暴君的愤怒更加专横！——叫我怎么办？我不能够啊！我该怎么办？

米　勒　要是你感到那少校的亲吻，比你父亲的眼泪还要灼热——死去吧！

露意丝　（经过激烈的思想斗争，然后颇为坚定地说）爸爸！握住我的手！我愿——上帝啊！上帝啊！我这是干什么！我打算干什么？——爸爸，我发誓——我真该死，真该死！我这有罪的人，我偏向到哪边了呵！——爸爸，行啦！——斐迪南——上帝明鉴！——我这就彻底消除对他的记忆。（撕碎她那封信）

米　勒　（大喜过望地冲上去搂住她的脖子）这才是我的女儿！——望着我！你摆脱了一个爱人，成全了一个幸福的父亲。（又是笑又是哭地搂着她）孩子！孩子！我真不配活到这样一天！上帝知道，我这坏老头怎么得到了你——我的天使！——我的露意丝，我的天国！——上帝呵，我不大懂得爱情，但放弃它必定是很痛苦的，这我还能理解。

露意丝　离开这个地方吧，爸爸——离开这座城市；在这儿我的女伴们会嘲笑我，我的好名声已经永远失去——走吧，走吧，远远地离开这个地方，在这里处处可以看见我失去了的幸福的痕迹——离开它，只要可能——

米　勒　你愿上哪儿都行，我的女儿。世界无处不生长上帝赏赐的食粮，无处没有他的耳朵在聆听我拉琴。是的，让一切都成为过去吧！——我要让琴弦述说你哀痛的故事，我要唱一支赞美女儿的歌曲，她为敬重她的父亲而撕碎了自己的心——我们唱着这支歌挨家挨户乞讨；从那些感动得掉泪的人手里得来的面包，将别有一番滋味。

第二场

斐迪南和前场人物。

露意丝　（先看见斐迪南，惊叫一声，奔过去紧紧搂着父亲的脖子）上帝！他来啦！我完了。

米　勒　哪儿？谁？

露意丝 （背转脸，指指少校，将父亲搂得更紧）他！他本人！——你回过头瞧瞧吧，爸爸——他要来杀我了。

米　勒 （看见了斐迪南，往后退几步）怎么？您来了，男爵？

斐迪南 （慢慢走近，始终面对着露意丝，用审视的目光紧盯着她，过了一会儿才说）感到惊异的心地善良的小姐，多谢了！您的自白诚然可怕，却也直率而确切，省得我受痛苦折磨。——晚上好，米勒。

米　勒 看在上帝分上！您到底要干什么，男爵？您来寒舍有何贵干？这样突然闯来究竟是什么意思？

斐迪南 曾几何时，有人还把一天的光阴以秒计算，还把对我的思念挂在钟摆上以加快它的速率，还对我出现的一刹那急不可待得心儿怦怦跳动——怎么搞的，现在竟一下子成了突然闯来？

米　勒 您走吧，您走吧，男爵——要是您心里还剩有一星半点儿人性——要是您还不想扼杀她，这个您说您爱她的女孩！我求您了，求您马上离开。只要您一踏进我的家，我们的幸福便完了。您给我家招来祸患，早先它却只有欢乐。您难道还不满意吗？我的独生女儿由于认识您而遭到不幸，您难道还要来拨弄她心上的伤口吗？

斐迪南 好个莫名其妙的父亲！我现在来，是要向令爱报告好消息！

米　勒 大概是有了新的绝望的希望吧？——走啊，灾星！你那面孔已告诉人你没安什么好心。

斐迪南　实现我希望的机会终于到了！弥尔芙特夫人，我们爱情最可怕的障碍，此刻已逃离公国。我父亲同意了我的选择。命运认输了，遂了我俩的意。我们的幸福之星已经升起！——我来是兑现自己的诺言，领我的新娘去祭坛前举行婚礼呢！

米　勒　你听见他了吗，女儿？你听见他奚落讥笑你的失望了吗？啊，真的，男爵！您这位诱惑者真叫惬意，干了坏事还可以卖弄小聪明。

斐迪南　你以为我在开玩笑吗？以我的名誉担保，不是的！我的话千真万确，就像我对露意丝的爱情；我视我的誓言为神圣，就像她遵守它一样。——我不知道还有什么更神圣的了——你还怀疑吗？在我美人儿的双颊上还没有快乐的红晕出现吗？这就怪了，真话在这儿难于取信，谎言肯定已成为家常便饭。你怀疑我的话，那这白纸黑字总该相信了吧。（把露意丝给侍卫长的信扔给她）

露意丝　（展开信，脸色惨白地倒下）

米　勒　（未注意到露意丝，对少校）这是什么意思，男爵？我真不明白您！

斐迪南　（将他带到露意丝跟前）可我却十分清楚她！

米　勒　（蹲到女儿身边）呵，上帝啊！我的孩子！

斐迪南　苍白得像死亡一样！——这样子才真叫我喜欢，您的女儿！她从来没有像现在这么漂亮过，您这虔诚的诚实的千金！——面孔像死尸一样——末日审判的唏嘘能抹去任何诺言的涂漆表面，也吹掉了她脸上的脂粉；本来，凭着她的打扮，这妖精连光明天使也骗得过哟。——现在她的脸蛋儿再美不过！现在她第一次露出了真面目！让我来吻吻她吧。（准备向露意丝走去）

米　勒　走开！滚！别来刺一个父亲的心，小子！我没能保护她不受你的调戏，却能保护她免遭你的虐待！

斐迪南　你想干什么，老头儿？我跟你没事儿。别掺和进这显然已经输了的赌博不好吗？——或者你比我想象的还要聪明一些？你已将六十岁的智慧投资到你女儿的风流营生中，并用拉客的勾当玷污了自己的白发？——呵！要是并非如此，不幸的老人啊，那就倒下死掉吧，还来得及！你还可以在咽气时甜蜜而陶醉地想：我曾是个幸福的父亲！——再过一会儿，你就得将这条毒蛇扔回它在地狱的老家，并且诅咒你所获得的这件礼物和它的赠予者，带着对上帝的亵渎走进坟墓里去。（对露意丝）说吧，倒霉的女人！这封信可是你写的？

米　勒　（对露意丝，警告地）看在上帝分上，孩子！别忘了啊，别忘了啊！

露意丝　呵，这封信，爸爸……

斐迪南　它落进了不该落进的手里，是吗！——赞美天意的偶然，它完成了比自作聪明的理智更伟大的业绩，到末日审判时会比所有智者的机智更经得起考验——偶然吗，我说？——啊，即使是一只麻雀从天上掉下来，也有天意在起作用，一个魔鬼被揭露，又何尝不是这样呢？——我要求回答！——你写这封信了吗？

米　勒　（在一旁哀求她）坚定些！坚定些，孩子！只要再说一声"是"，一切便过去了。

斐迪南　有趣！有趣！连父亲也骗了。所有人通通骗了！现在瞧啊，瞧她那德性，这可耻的女人。现在连她的舌头也不再听使唤，也不肯替她说出最后的谎话！向上帝发誓！和真实得可怕的主起誓！你写这封信了吗？

露意丝　（经历着极其痛苦的思想斗争，同父亲不断地交换眼色，然后坚定地、一了百了地）我写了！

斐迪南　（惊得呆住了）露意丝！——不！我拿灵魂担保，你在撒谎！——即使纯洁无邪的人，在严刑拷打下也会承认他不曾犯下的罪行。——我追问得太凶了，不是吗，露意丝！——你是因为我追问得太凶了才承认的，是吗？

露意丝　我承认事实。

斐迪南　不，我说。不！不！你没有写！根本不是你的笔迹！——就算像，难道模仿笔迹会比毒坏心灵更困难吗？对我讲真话吧，露意丝！——或者不，不，别说实话！你可能会讲"是的"，你一讲我也就完了。——一句谎言，露意丝——一句谎言——无论怎样的都行啊，你只要又以天使般坦诚的神态对我讲出来，只要能说服我的耳朵，我的眼睛，只要能卑鄙地蒙骗我的心——啊，露意丝！就让一切的真理从此随着它飞到九霄云外去吧！

	就让善良正直从此对宫廷卑躬屈膝、俯首帖耳吧！（用畏葸和颤抖的声音）你写这封信了吗？
露意丝	上帝做证！可怕的真实的主做证，写了！
斐迪南	（呆了一会儿，表情极为沉痛）婆娘！婆娘！——你现在竟让我看这样一副嘴脸！——凭着它你就算答应给人家天堂，你甚至在地狱里也休想找到乐于光顾的人了。——你知不知道，你对我曾经是什么，露意丝！不可能！不会的！你不知道，你曾经是我的一切！一切啊！——一切，这是个平庸而无足轻重的字眼儿；可要围着它转一圈，上帝也会感觉吃力；各个宇宙体系的轨道，也完全在它里边——一切啊！可你却这么可恶地玩弄它——啊，太可怕了！
露意丝	您已经叫我承认了，瓦尔特先生。我自己诅咒了自己。这下您走吧！离开这所使您感到如此不幸的房子吧！
斐迪南	好！好！现在我平静下来了——流行过瘟疫的可怕地方也是平静的嘛，人家说——我也一样。（沉吟片刻之后）还有一点请求，露意丝——最后的请求！我头烧得厉害，需要凉一凉——愿意给我兑一杯柠檬汁吗？（露意丝下）

第三场

斐迪南和米勒。

两人互不搭理，各在房间的一侧踱来踱去。

米　　勒　（终于停下来，神情哀伤地打量着斐迪南）亲爱的男爵，我向您承认，我打心眼儿里为您难过，这也许能减轻一些您的气恼吧？

斐迪南　就算这样好了，米勒。（又走了几步）米勒，我几乎一点想不起来，当初我怎么走进了您的家——为的是什么事情？

米　　勒　怎么，少校先生？您不是想跟我学吹长笛吗？你一点记不起了？

斐迪南　（急忙抢过话头）我见到您的女儿。（又停了好一会儿）您说话不算话，朋友。我们原该演奏宁静的乐曲，打发我寂寞的时光，您却欺骗我，卖给我了蝎子。（见米勒已开始激动，赶紧说）不！别害怕，老人家。（感动地搂住他脖子）您没有责任。

米　　勒　（擦拭眼睛）全能全知的上帝清楚！

斐迪南　（重新踱来踱去，坠入忧郁的沉思）真怪啊，上帝竟这么莫名其妙地和咱们开玩笑。在一些几乎瞧不见的细线上，常常悬挂着可怕重荷——人怎么知道，咬这个苹果一口就吞食了死亡，嗯？——怎么知道？（越走越急，然后突然抓住米勒的手，异常激动地）我说老头儿啊，为跟您学一点儿笛子，我付出的代价可太大了——而您竟一无所获——您也会输掉——也许输掉一切。（抑郁地从米勒身边走开）该死的学吹长笛，永生永世不该产生这个念头！

米　　勒　（极力掩饰着感情）这柠檬汁也兑得太久了。我想，您要是不见怪，我去看一看？

斐迪南　不急，亲爱的米勒。（自言自语地）对父亲更是——您只管留下吧——我有什么要问您来着？——对了！——露意丝是您独生女儿？除了她您就没有孩子吗？

米　勒　（亲切地）再没有了，少校——也不想再有。这丫头恰好占完我这颗父亲的心——我已把全部现存的爱倾注在女儿的身上。

斐迪南　（大为震动）嗨！——您还是去看看饮料好些，亲爱的米勒。（米勒下）

第四场

斐迪南独自一人。

斐迪南　独生女儿！——你明白吗，凶手？独生女儿！凶手！你听见了吗，单单一个？——这老人在茫茫人世上别无所有，只有一把琴，一个女儿——你竟想给他抢走吗！抢走！抢走叫花子的最后一个子儿？——将瘫痪者的拐杖折断，扔回到他脚下？怎么样？我也有胆量干这种事吗？——事后，他匆匆赶回家来，急不可待地要从他女儿的脸上找到他全部的喜悦，一进门却见她躺在地上，一朵鲜花——枯萎了——死了——遭到了践踏，这最后的、唯一的、无比珍贵的希望！——嗨，他会站在她跟前，会站在那儿，会突然感到整个大自然停止了呼吸；他呆滞的目光会无所畏惧地扫过杳无人迹的无边宇宙，会去寻找上帝，可上帝再也找不到了，回来时更觉渺茫空虚——主啊！主啊！——然而，我的父亲不也就我这个独生儿子么！唯一的儿子，却并非唯一的财富。——（停了一会儿）这算什么话？他究竟会失去什么？一个丫头，一个像玩布娃似的玩弄最神圣的情感——玩弄爱情的丫头，会使她的父亲幸福吗？不会的！不会的！要是我在这条毒蛇咬伤自己父亲之前将它踩死，我还该得到感谢哩。

第五场

米勒走回来。斐迪南仍在房中。

米　勒　饮料马上给您送到，男爵。可怜的丫头坐在外边哭得死去活来。她将在柠檬中掺进她的泪水送给您喝啊。

斐迪南　光是泪水还更好些！——我们刚才不是谈到音乐了吗，米勒？——（掏出一个钱包）我还欠你的债哩。

米　勒　干什么？干什么？去您的吧，男爵！您把我当成什么人了？钱留在您手里挺好的，别让我难堪好不好！再说，上帝保佑，咱俩又不是从此不再见面。

斐迪南　谁知道呢？您只管收下吧。我说不定是死是活哟。

米　勒　（笑起来）噢，原来这样，男爵！以您现在的处境，我想，是可能心一横倒下的。

斐迪南　有人确实横过心——您从未听说过年轻人倒下吗？青年男女，希望的孩子们，受骗父亲的空中楼阁，年岁的蛀虫都奈何不得的，却往往让一记雷击就打倒了！——您的露意丝也并非长生不死啊。

米　勒　她是上帝赐予我的。

斐迪南　您听着——我告诉您，她并非长生不死。这个女儿是您的心肝宝贝儿。您全心全意在眷恋她，疼爱她。可您当心，米勒。只有绝望的赌徒才会孤注一掷。哪个商人把全部财产都装在一艘船上，人家就会叫他冒失鬼——听着，想一想我这警告。——可您为什么不收下这些钱呢？

米　勒　怎么，先生？偌大的一袋钱？少爷您想到哪儿去啦？

斐迪南　还债呗——给！（将钱袋扔在桌上，从袋里滚出来几枚金币）我也不能永生永世守着这劳什子。

米　勒　（惊愕）伟大的上帝，这是什么？听声音不像是银币！（走向桌子，发出惊呼）老天爷呀，您这是干啥，男爵？您以为您在什么地方，男爵？您搞的啥名堂，男爵？我只能说您在开玩笑！（将双手捧在一起）这儿确实是些……要不就是我中了邪——要不……上帝诅咒我！我抓在手里的确实是上帝创造的金子啊，确实是硬邦邦、黄澄澄、圆溜溜的金圆！——不，魔鬼！我才不受你的诱惑哪！

斐迪南　您是酒喝多了怎么的，米勒？

米　勒　（粗鲁地）见它妈的鬼！您快瞧瞧呀！——金子！

斐迪南　自然，事情是有点特别。

米　勒　（沉默了一会儿又走向他，深有感触地）少爷，我告诉您我是一个老实正直的人，如果您想把我套起来，为您去干坏事的话——要知道，上帝明鉴，这么许多钱靠正当的营生是挣不来的。

斐迪南　（感动地）您放心吧，亲爱的米勒。您早就配得到这些钱了；上帝饶恕我，我是想用它们来报答您的一片好心啊。

米　勒　（像疯了似的跳跳蹦蹦）这么说是我的啰！是我的啰！上帝明鉴，上帝恩典，是我的啰！（高叫着朝房门奔去）老婆！闺女！维克多莉亚！快来呀！（走回房中）可老天爷！我怎么会一下子得到这多得要命的财富？我凭什么挣来的？我该怎么回报？嗯？

斐迪南　不是靠您上的音乐课，米勒。——我给您这些钱，是要……（浑身打了个冷战）是要……（稍停，伤感地）偿付您女儿让我做了三个月的幸福美梦！

米　勒　（抓住他的手紧紧握着）少爷啊！您要是个普通、平凡的市民——（加快语速）我闺女还不爱您，那我就要亲手宰了她，这丫头！（又走到钱袋旁，抑郁地）可现在我有了一切，您却一无所有。现在是不是又轮到我来花天酒地一番，嗯？

斐迪南　别担心，朋友！——我这就起程，去到那个我打算永远待下来的国度。在那儿，这些钱不再管用。

米　勒　（眼睛死死盯着金币，兴奋地）这么说它们仍旧是我的？是我的？——不过您要走了我挺难过。——等着吧，看我现在会是个啥气派！看我现在会如何满面春风！（戴上帽子，大步流星地穿过房间）我要再到市场上去教音乐课，再抽三王牌的蹩脚烟，再坐三文钱的孬位子，就让魔鬼把我逮去好啦！（欲走）

斐迪南　等一等！别声张！把您的钱收起来吧！（郑重地）只是今晚上您还不能说出去。从今以后别再收学生啦，为了我的缘故。

米　勒　（更加兴奋，紧紧抓住斐迪南的马甲，抑制不住内心的快乐）少爷啊！还有我女儿！（放开斐迪南）钱并非一切——不是的——我吃土豆也罢，吃野味也罢，饱总归是饱；我这件外套还蛮好嘛，只要上帝亲爱的阳光还没洞穿它的袖筒子！——破旧衣服我来穿好啦，可我闺女应该得到幸福。只要她的眼睛流露出什么心愿，她就应该得到满足……

斐迪南　（赶紧打断他）别讲了！啊，别……

米　勒　（越发激动）我要让她从头开始学法语，学跳法国小步舞，学唱歌；让人家在报上读到关于她的报道；让她戴枢密顾问千金一样漂亮的帽子，穿各种各样我说不出名字的时髦衣裙；让远远近近的人们都谈论提琴师的女儿，让……

斐迪南　（激动得可怕地抓住米勒的手）别说啦！什么也别说啦，看在上帝分上，住口吧！只有今天，还什么都别说；这就是我要求您给我的——唯一报答！

第六场

露意丝捧着柠檬汁上。前场人物。

露意丝　（眼睛哭得红红的，一边将杯子递给少校，一边声音颤抖地说）请只管吩咐，如果还不够浓的话！

斐迪南　（接过杯子去放在桌上，迅速将脸转向米勒）噢，我差点儿给忘了！——允许我求您办点儿事吗，亲爱的米勒！您乐意帮我个小忙吗？

米　勒　万分乐意！您想要……？

斐迪南　人家等着我出席宴会。糟糕的是我心情坏透了。像这样子我完全不可能去见人。——您愿意去我父亲那儿代我表示一下歉意吗？

露意丝　（一惊，急忙抢过话头）我完全可以去走一趟。

米　勒　去找宰相？

斐迪南　不见他本人。您只要在前厅里让一名侍从转达就行了。——带上我这只表作为证明。——等您回来时，我还在这儿。——您得等他回答。

露意丝 （惊恐地）干吗不可以我去呢？

斐迪南 （对正要动身的米勒）等一等，还有点儿事。这是一封给我父亲的信，今天傍晚封在给我的信里送来的——也许有什么要紧事——让侍从带给他吧。

米　勒 没问题，男爵！

露意丝 （抱住父亲，惊恐到了极点）可是爸爸，所有这些我全能办好的呀！

米　勒 你独自一人，天又这么黑，孩子。（下）

斐迪南 给你父亲照亮，露意丝。（在她端着灯送父亲出去时，奔到桌旁，把毒药倒进柠檬汁里）是啊，她该死！她该死！头顶的神明已对我首肯，道出了可怕的"是"字；复仇的天神也画了押；她的守护天使已将她抛弃……

第七场

斐迪南和露意丝。

露意丝端着灯慢慢走回来，把灯放在桌上，站在少校对面的另一侧，脸冲着地面，只是时不时地以怯生生的目光偷觑一下少校。他站在另一边，目光呆滞。长时间的沉默，预示紧张的一幕即将开始。

露意丝 您要乐意我伴奏，封·瓦尔特先生，我就弹一会儿钢琴。（打开琴盖）

斐迪南　（闷声不响，好一会儿不予回答）

露意丝　您还多赢我一盘棋哩。我们再下一次好吗，封·瓦尔特先生？

斐迪南　（又是一阵静默）

露意丝　唉，我好可怜啊！

斐迪南　（还是刚才的姿势）那是可能的。

露意丝　您心情这么糟，封·瓦尔特先生，不是我的错。

斐迪南　（脸朝一边冷笑两声）对我这样发痴发傻，你哪能有什么错？

露意丝　我明白了，我们现在不适合好下去。我承认，在您打发走我父亲的那一刻，我马上吃了一惊。——封·瓦尔特少爷，我猜想，这会儿我们两个人将同样难熬。你要是允许，我就去邀请我的几个熟人来吧。

斐迪南　噢，行啊，去吧。我也马上去邀几个我的熟人来。

露意丝　（愣愣地望着他）封·瓦尔特先生？

斐迪南　（非常辛辣地）以我的名誉起誓，在眼前的情况下没有谁能出更聪明的主意！这一来，令人厌烦的二重唱变成为一阵子嘻嘻哈哈，失恋的苦恼也就从卖弄风情中得到了报偿。

露意丝　您情绪好些了吗，封·瓦尔特少爷？

斐迪南　再好不过！好得市场上的孩子们跟在我身后追，以为我是疯子！不，说真的，露意丝！你的榜样教训了我——你应该是我的老师。傻瓜才胡诌什么永远忠贞的爱情，老是一张面孔令人反感，变化无常才有滋有味儿——一言为定，露意丝！我奉陪到底——咱俩从一桩风流韵事跳到另一桩风流韵事，从一个泥潭滚向另一个泥潭——你朝东——我朝西。也许，在某一家妓院里会找回我失去了的宁静。——也许，在一阵快活的追逐之后，我和你成了两具腐朽的白骨，有朝一日又会不胜惊喜地相逢在一起，就像在喜剧里一样，彼此凭着同一母亲的任何一个孩子都不否认的血缘标志认出对方，致使厌恶与羞惭又变得和谐一致；这可是最最温柔的爱情也不可能的呀！

露意丝 呵，年轻人，年轻人！你已经是不幸的了，难道你还想让人家骂你咎由自取吗？

斐迪南 （咬牙切齿地喃喃道）我不幸？谁告诉你的？你这个女人太卑鄙了，自己已麻木不仁，又凭什么去衡量他人的感受呢？——不幸，她说？——哈！这个词儿简直可以从坟墓里唤醒我的愤懑！——她早已知道，我一定会不幸呢。——该死的东西！她明知如此，却仍然背叛了我，瞧这条毒蛇！原来还觉得有唯一一点可原谅的理由——你的自供将折断你的脖子——迄今为止我总以你的单纯来掩饰你的罪孽，不屑与你计较，让你差点儿逃脱我的报复。（急切地抓起杯子）原来你并不轻率——并不痴傻——你只是一个魔鬼而已！（喝柠檬汁）这柠檬汁淡而无味，就像你的灵魂——尝尝看！

露意丝 天啊！我害怕有这一幕，并非多虑？

斐迪南 （以命令的口气）尝一尝！

露意丝　（勉强接过杯子，开始喝）

斐迪南　（一见她把杯子送到嘴边，立刻转过身，脸色唰的一下白了，同时跑到最里边的屋角去）

露意丝　这柠檬汁挺好嘛。

斐迪南　（未转过身来，浑身哆嗦）那你受用吧！

露意丝　（放下杯子）唉，您不知道，瓦尔特，您多么伤我的心。

斐迪南　哼！

露意丝　将来会有一个时间，瓦尔特……

斐迪南　（回到前面）噢，时间一到咱们就一了百了。

露意丝　到那时，今晚上的事会成为你良心的沉重负担——

斐迪南　（开始越走越急，越来越不安，同时扔掉挂在身上的绶带和佩剑）去你的吧，效忠殿下！

露意丝　我的上帝！您怎么啦？

斐迪南　又热又闹——希望舒服一点。

露意丝　喝柠檬汁吧！喝吧！喝了您会感觉凉快一点。

斐迪南　那倒一定会的。——瞧，婊子也有心眼儿好的时候！可仅此而已。

露意丝　（满含情意地扑进他怀里）你竟这么对你的露意丝吗？斐迪南？

斐迪南　（推开她）滚！滚！别让我再见到你这双温柔迷人的眼睛！我要死了，露出你狰狞的面目来吧，毒蛇；扑到我身上吧，害人精——尽管对我亮出你的毒牙，扭动身子高高直立起来，有多可憎就多可憎——只是别再装出天使的样子——别再装作天使！——太晚了——我必须踩死你，像踩死一条毒蛇，不然就会毫无希望。——怜悯一下你自己吧！

露意丝　啊！干吗非走这样的极端？

斐迪南　（从旁边端详着她）天上的雕塑家的美妙杰作！——谁能相信呢？——谁会相信呢（抓住她的手，向上举起）造物主啊，我不想责难你——可你为什么偏偏将你的毒汁装进如此美好的躯壳？在那温暖的宜人的天国，罪恶能够繁衍滋生吗？——真叫奇怪哟！

露意丝　不得不听这样的话，而且保持沉默！

斐迪南　嗓音甜美悦耳——从断裂的琴弦上，怎么可能发出如此动人的乐音呢？（久久盯着她，目光已经陶醉）一切都这么美好——这么匀称——这么仙女似的圆满！——处处显示出造物主怡然自得的心境！上帝做证，仿佛大千世界之所以产生，仅仅是为了让造物主酝酿情绪，以便最后完成他这个杰作！——只可惜，上帝在塑造灵魂时失了手！怎么会呢？怎么可能让这么个令人憎恶的怪胎出生在人世上，而未受挑剔呢？（迅速离开她）或者他本来不想雕一个天使却雕成功了，因而赶忙给她凑上一副更坏的心肠，以为这样就能弥补错误了吧？

露意丝　好个花岗岩脑袋啊！他宁可指责上帝，也不肯承认自己冒失。

斐迪南　（痛哭着扑向露意丝，搂住她的脖子）最后一次，露意丝——最后一次，就像我俩初次接吻的那天，当时你嘴唇灼热，好不容易才轻轻唤出一声"斐迪南"，唤出第一声"亲爱的"！——呵，在那一瞬间，恰似不可言喻的无穷快乐的种子发芽了，开花了。——突然间，我们眼前出现一个天堂，美好得如同阳春三月；黄金的世纪像一些新娘子，围绕着我们的灵魂欢呼雀跃！——那时候我真幸福啊！——啊，露意丝！露意丝！露意丝！你干吗要对我这样？

露意丝　您哭吧，您哭吧，瓦尔特！您理当对我表露您的悲哀，而没理由对我发泄您的怒气。

斐迪南　自欺欺人！这可不是悲哀的眼泪——不是那种温馨欢快地流入心灵创伤的甘露，不是那种能使滞塞的感情之轮重新转动的润滑油。只是零零落落的——冰冷冰冷的水滴——只是我爱情诀别时的战栗。（神情庄严得叫人害怕，同时把手抚在她头上）是为你的灵魂惋惜的眼泪，露意丝——是为上帝的一片好心惋惜的眼泪，他未能造出他杰作中的杰作——我觉得啊，整个宇宙都该戴上黑纱，都该为在它中间出了这样的事感到惊骇——人会堕落，乐园会失去，这是常情；可是，如果天使中间也流行起瘟疫来，那就只能让哀号声响彻整个大自然了！

露意丝　别逼我走上绝路，瓦尔特。我的灵魂足够坚强——可它必须承受一次人为的考验。瓦尔特，再说一句话，然后咱们分手。——可怕的命运扰乱了我们心灵的语言。要是我能够开口，瓦尔特，我会告诉你一些事情——我会的……可是呢，严酷的命运束缚住了我的舌头，还有我的爱情；即使你现在待我像个下贱的婊子，我也只好忍受。

斐迪南　你还舒服吗，露意丝？

露意丝　干吗问这个？

斐迪南　这样我就替你感到遗憾，因为你将不得不带着这个谎言离开人世。

露意丝　我求您啦，瓦尔特……

斐迪南　（万分激动地）不！不！这样报复太凶狠！不，上帝保佑我！我不愿将她赶到另一个世界去——露意丝！你爱过侍卫长吗？你再不会走出这间房间了。

露意丝　您想问什么就问吧。我可什么也不再回答。（坐下）

斐迪南　（激动万分地跪在她脚下）露意丝，你爱过侍卫长吗？不等这一支蜡烛燃完——你就将站在——上帝面前！

露意丝　（惊骇得跳起来）耶稣啊！这是怎么的？……我难受得要命。（倒在椅子上）

斐迪南　已经感到难受？你们女人真是些猜不透的谜啊！你们娇弱的神经足以咬碎人类之根的罪恶；可是呢，一丁点儿砒霜就够把你们毒倒。

露意丝　毒药？毒药！我的上帝！

斐迪南　恐怕是喽。你的柠檬汁是地狱调制的。你用它和死神干了杯。

露意丝　死！死！仁慈的主啊！柠檬汁有毒，喝了就会死！——怜悯我的灵魂吧，仁慈的上帝！

斐迪南　要紧就要紧在这儿。我也会同样地祈求他。

露意丝　可我的母亲……我的父亲……救世主啊！我可怜的绝望的父亲！难道已没救了吗？我年纪轻轻，已没救了！我现在一定都完了吗？

斐迪南　没救了，一定完了。——可是别紧张：咱俩一块儿走。

露意丝　斐迪南，你也一样！毒药，斐迪南！是你放的？上帝啊，原谅他吧！——仁慈的主啊，免除他的罪孽吧！

斐迪南　去了结你自己的账吧——我担心，情况不妙哩！

露意丝　斐迪南！斐迪南！——啊，我现在不能再沉默下去！——死亡——死亡消除了一切誓约——斐迪南，天地间没有比你更不幸的人啦！——我死得冤枉哟，斐迪南！

斐迪南　（骇异）她在说什么？——死到临头，人通常都不再撒谎的呀！

露意丝　我没撒谎——没撒谎——我一辈子仅仅就一次——唉！我怎么浑身发冷，哆嗦！——就撒过一次谎，就是在我写那封给侍卫长的信的时候。

斐迪南　哈！那封信！——赞美上帝！现在我又完全恢复了我的男子气概。

露意丝　（舌头渐渐不听使唤，手指开始痉挛）这封信——请您沉住气，准备听一句可怕的自白——是我违心地写的，句句遵照令尊大人的指示。

斐迪南　（呆若木鸡，久久地毫无生气，最后像遭了雷击似的突然倒下）

露意丝　可怕的误解呵——斐迪南——他们逼迫我——请原谅——你的露意丝宁肯死去啊！——可是我父亲——处于危险之中——他们搞的阴谋诡计。

斐迪南　（愤怒地跳起）感谢上帝，我还没感到毒性发作。（拔出佩剑）

露意丝　（越来越虚弱）可悲啊！你打算干什么？他是你的父亲——

斐迪南　（怒不可遏地）凶手加上凶手的父亲！——他必须一块儿死，这样，人间的审判者才可能将怒火发泄在真正的罪人身上！（欲走出房间）

露意丝　救世主会宽恕一切临终的人——愿你和他也得到宽恕。（死去）

斐迪南　（很快转过身，正好看见她咽最后一口气，悲痛欲绝地倒在死者面前）等一等！等一等！别扔下我啊，我的天使！（抓起她的手来很快又放下）已经凉了啊，又凉又湿！她的灵魂已经离开！（又跳起来）我的露意丝的主啊！慈悲！对凶手中最卑劣的凶手发慈悲！这是她最后的祈愿啊！——连死后的她也那么美丽，那么动人！死神也受了感动，在掠过这和善的脸颊时倍加小心。——这温柔的容颜才不是毫无生气的面具哩，它抗拒住了死的侵袭。（过了一会儿）可怎么搞的？我为什么一点感觉没有？难道我青春的活力会拯救我吗？枉费心机啊！我自己

不愿意！（说着抓起杯子）

最后一场

斐迪南、宰相、伍尔穆和众侍从。

宰相和他的一帮人惊惶失措地冲进房间，随后米勒和一些群众也跟进来。法庭的差役们集中站在房间最里边。

宰　相　（手握着信）儿子，这是怎么啦？——我可永远不愿相信——

斐迪南　（把杯子扔在他脚下）那你就瞧吧，凶手！

宰　相　（踉跄倒退。所有人都惊呆了。可怕的寂静）我的儿子啊！为什么你对我这么干？

斐迪南　（不正眼瞧他）噢，当然！我本该先听一听大政治家的意见，看这么做是否也符合他的安排？——真巧妙，真令人佩服，你们这个用嫉妒来拆散我俩同心结的阴谋，我承认！——出谋划策的肯定是位行家；遗憾的只是，被激怒的爱情不像你手中的玩偶，不会乖乖听任摆布！

宰　相　（目光四处搜寻）这里没有任何人为一位绝望的父亲哭泣吗？

米　勒　（在后台呼喊）让我进去！看在上帝分上，让我进去！

斐迪南　这姑娘是位圣女——她该有另外的人照顾。（为米勒打开门。米勒、群众和法庭的差役一拥而入）

米　勒　（惊恐万状）我的孩子！我的孩子！——（有人喊叫："这儿服毒啦！这儿有人服毒啦！"）——我的女儿哟，你在哪里啊？

斐迪南　（把他领到宰相和露意丝的尸体之间）不是我的错。该感谢这儿这位！

米　勒　（倒在女儿身边）救主耶稣啊！

斐迪南　简单说几句，爸爸——言语对我来说已变得宝贵了……我好端端地被夺去了生命，被爸爸您！我怎样面对上帝呵，我直打哆嗦……可我从来不是坏蛋。我将遭到怎样的永劫，只好听天由命了——但愿不惩罚您！——然而我杀了人。（声音尖锐得可怕）这桩杀人罪，您该不会妄想我一个人背着去见上帝吧！这儿，我郑重地把更大、更丑恶的一半奉还给您，至于拿它怎么办，就是您自己的事了。（把父亲拽到尸体跟前）这儿，野蛮人，品尝品尝您狡诈的可怕果实吧：在这张脸上，歪歪扭扭写着您的名字，行刑的天使将会认出来的呀！——这个形象，将在您入睡时扯下你床前的帷幔，把她冰冷的手伸向你！这个形象，将在您临终时站到您的灵魂前，挤掉您最后的祈祷！这个形象，将伫立在您的坟墓上，当您希望复活的时候——将站在上帝的旁边，当他审判您的时候！（即将昏厥，被侍从们扶住）

宰　相　（手臂举向天空，恐怖地）别怪我！别怪我，上帝！——向这人索取他们的灵魂吧！（走向伍尔穆）

伍尔穆　（气愤地）向我？

宰　相　该死的，向你！向你，魔鬼！——是你，是你定下的毒计。责任在你身上——我两手清白！

伍尔穆　在我身上？（一阵怪笑）有意思！有意思！这下我可知道魔鬼是怎么报恩的喽。——在我身上？愚蠢的流氓！难道他是我儿子，我是你主子不成？——责任在我身上？哈！一见这情形我骨髓全凉了！要我来负责任！——现在我算完了，可你也得一块儿完。走！走！咱们去大街小巷喊"杀人啦！杀人啦！"去把法官们都叫醒！法警，把我捆起来吧！从这里带走吧！我要揭露一些阴谋，叫听见的人浑身打冷战。（欲下）

宰　相　（拦住他）他真的会吗，疯子？

伍尔穆　（拍拍宰相的肩）我会的，伙计！我会——我是疯了，真的——多亏了你嘛——现在我真要发发疯——我要和你手挽手地上断头台！——手挽手地下地狱！我真巴不得和你一道受诅咒啊，恶棍！（被带出房间）

米　勒　（一直默默地把头埋在露意丝怀里，痛不欲生。这时突然站起来，将钱包掷到少校脚下）投毒犯，收回你造孽的金子吧！——你想拿它买下我的女儿是不是？（冲出房去）

斐迪南　（嗓音嘶哑）追上他！他绝望了——这钱得替他收起来——它是我可怕的报答。露意丝——露意丝——我来了——多保重！——让我在这座祭坛前离开人世吧——

宰　相　（大梦初醒似的走向儿子）斐迪南——儿子！难道你不屑

于再看一眼你悲惨的父亲吗?
斐迪南 （被放在露意丝身边）最后一瞥属于仁慈的上帝。
宰　相 （痛苦不堪地跪在斐迪南跟前）造物和造物主全抛弃了我——再看我一眼，给我最后一点安慰，都不行吗?
斐迪南 （把手无力地伸给他）
宰　相 （迅速站起身）他饶恕我了！（对其他人）现在把我抓起来吧！（下，法警们跟在他后面。幕落）

附录

席勒生平与创作年表

1759年　11月10日出生在德国符腾堡公国的小城马尔巴赫，父亲是军队的外科医生，母亲是一位面包师的女儿。出生时恰逢德国的七年战争（1756—1763），比同时代的重要作家歌德小10岁，比赫尔德小15岁，比莱辛小30岁。童年时代即对诗歌、戏剧产生了浓厚的兴趣。

1764年　全家迁居到罗尔希，开始念小学。学校的拉丁文教员莫塞尔生性庄重严肃，给幼小的席勒留下深刻印象，成了他日后创作戏剧《强盗》的重要原型之一。

1766年　迁居路德维希堡。

1768年　进入拉丁语学校学习，以便将来按照父亲的意愿学习神学。

1773年　遵照符腾堡公国国君卡尔·欧根公爵的旨意，被强制选入公爵创办的军事学校，接受严格的军事教育。诗人舒巴特愤怒地称这所设在斯图加特的军校为"奴隶养成所"。不过在校期间，席勒养成了思辨的习惯，特别重要的是通过心理学教师阿尔贝接触到了莎士比亚、卢梭、歌德等的作品，加快走上文学创作的道路，同时逐渐具有了爱好自由和反对封建专制主义的思想。

1776年　开始在杂志上发表抒情诗。

1777年　在舒巴特等狂飙突进作家影响下开始创作第一部剧作《强盗》。

1781年　完成《强盗》的创作，于5月出版。

1782年　1月曼海姆剧院首次上演《强盗》引起轰动。据史料记载，"公演时剧院如同一座疯人院"，有评论家甚至认为就此诞生了"德国的莎士比亚"。5月席勒第二次秘密前往曼海姆观看演出，被卡尔·欧根公爵发现后关禁闭两周，并禁止他再写剧本。9月22日夜间化名在朋友陪伴下逃出符腾堡公国，匿居在乡村里写成第二个剧本《裴阿斯柯在热那亚的谋反》。创作进入了第一个旺盛期。

1783年　受聘担任曼海姆剧院的编剧。

1784年　写成市民悲剧《露意丝·米勒》，4月在法兰克福和曼海姆上演大获成功，并接受演员伊夫兰建议更名为《阴谋与爱情》。《阴谋与爱情》是席勒早年创作的高峰，与歌德的《少年维特的烦恼》同为狂飙突进运动最杰出的成果，被恩格斯誉为"德国第一部有政治倾向的戏剧"。

1785年　结交诗人克尔纳，生活得以安定下来，创作走向成熟。9月写成了《欢乐颂》，贝多芬以此诗谱成第九交响曲主要的合唱部分，从此在世界上广为传唱。

| 1786年 | 完成、发表短篇小说《罪犯》，成为开德语Novelle先河的作家之一。
| 1787年 | 写成诗剧《唐·卡洛斯》。此剧系席勒创作风格的转折点，标志着他的思想已由向往狂飙突进似的激进革命转化为了主张温和的改良。同时，创作反映尼德兰解放斗争史的《唐·卡洛斯》诱发了他对历史学的兴趣，自此至1796年几乎没再进行文学创作，而是潜心历史学和美学研究，痴迷于康德哲学之中。7月迁居已成为文学艺术中心的魏玛，受到维兰和赫尔德等的欢迎。
| 1788年 | 12月，经旅居意大利归来的歌德举荐，受聘担任耶拿大学历史学副教授。
| 1789年 | 5月迁居耶拿就任教职。7月14日法国大革命爆发。
| 1790年 | 2月与夏洛特·封·伦格费尔德小姐结婚。婚后工作更加勤奋、辛劳。年底受聘担任艾尔福特实用科学院院士，在前往出席聘任仪式途中罹患重感冒。
| 1791年 | 1月感冒引发肺炎，5月病情危重加紧治疗，后前往温泉疗养，由此而经济拮据。贫病交加之中，不得不请求魏玛公爵提高薪酬待遇，接受丹麦王子的资助接济。
| 1792年 | 9月21日法兰西宣布成为共和国，10月10日巴黎国民议会决定授予席勒法兰西荣誉公民称号。同年完成了《论悲剧艺术》和《三十年战争史》等学术著作。此后则完全放弃文学创作，潜心康德哲学研究。
| 1793年 | 1月21日法国国王路易十六上了断头台，5月开始极端

	的雅各宾专政，席勒对法国革命由热烈同情而转为反感。
1794年	在耶拿创办《季节女神》杂志，邀请歌德和洪堡兄弟等参与编辑、撰稿。7月在耶拿的一次自然科学研讨会上再次见到歌德，会后二人在席勒家中长谈，推心置腹，互敬互谅，两位生性、气质殊异的大文豪终于成为朋友，实现了传为文坛佳话的"诚与爱的结盟"。从此与歌德交往频繁，文学创作获得了新的动力、新的生机。
1795年	发表《审美教育书简》等美学论著，曲折婉转地表示对暴力革命不以为然，主张通过美育，以情操品格的完善、精神境界的提高实现社会变革和改良，延续了《唐·卡洛斯》中宣扬的开明君主思想。发表《论朴素的诗和伤感的诗》。与歌德共同创作一系列针砭文坛流俗积弊的讽刺性短诗《赠辞》。
1796年	主编《诗神年鉴》，创作逐渐进入第二个旺盛时期。
1797年	与歌德竞相创作叙事谣曲，写成了《手套》《潜水者》《波吕克拉特斯的指环》《托根堡骑士》《伊庇库斯的仙鹤》《人质》等著名叙事诗，以至于这一年成了文学史上的"叙事谣曲年"。
1798年	完成《华伦斯坦》三部曲的第一部《华伦斯坦的军营》，并于10月12日在魏玛剧院首次公演。
1799年	完成并公演《华伦斯坦》三部曲的第二部《皮克罗米尼父子》和第三部《华伦斯坦之死》。创作抒情长诗《大钟歌》(发表于第二年的《诗神年鉴》)。年底迁居魏玛，

	因健康状况恶化辞去教职,以便集中精力从事文学创作。
1800年	开春后罹患伤寒。带病完成《玛丽亚·斯图亚特》。
1801年	完成《奥里昂的姑娘》,9月11日在莱比锡首演获得成功。成功改编意大利作家哥齐的童话剧《中国公主图兰朵》。
1802年	春天全家迁入在魏玛购置的住宅,即今日离歌德故居仅一箭之遥的席勒故居。
1803年	完成《墨西拿的新嫁娘》,3月19日在魏玛剧院首演成功。
1804年	利用歌德提供的素材写成《威廉·退尔》,3月相继在魏玛、柏林、曼海姆、汉堡公演均获成功,受到欢迎。此作为席勒以《华伦斯坦》开始的晚期戏剧创作高峰,特点是以重大历史事件为题材,风格悲壮、雄浑。4、5月间,携妻子儿女离开是非之地魏玛,在柏林受到普鲁士国家剧院经理、老友伊夫兰热烈欢迎。为让席勒重返魏玛,公爵接受歌德建议,成倍地提高席勒的薪俸,改善其生活状况。席勒也因眷恋挚友歌德而重返魏玛。7月旧病复发,10月病情稍有缓解又开始了新的创作。
1805年	2月再次病倒,5月9日与世长辞,享年仅46岁。

(王荫祺　编译)

图书在版编目（CIP）数据

阴谋与爱情 /（德）弗里德里希·席勒著；杨武能译 .—北京：商务印书馆，2022
（杨武能译德语文学经典）
ISBN 978-7-100-20630-3

Ⅰ.①阴… Ⅱ.①弗… ②杨… Ⅲ.①悲剧—剧本—德国—近代 Ⅳ.① I516.34

中国版本图书馆 CIP 数据核字（2022）第 018199 号

权利保留，侵权必究。

杨武能译德语文学经典
阴谋与爱情
〔德〕席 勒 著
杨武能 译

商 务 印 书 馆 出 版
（北京王府井大街36号 邮政编码100710）
商 务 印 书 馆 发 行
北京艺辉伊航图文有限公司印刷
ISBN 978 - 7 - 100 - 20630 - 3

| 2022 年 4 月第 1 版 | 开本 880×1230 1/32 |
| 2022 年 4 月北京第 1 次印刷 | 印张 6½ |

定价：38.00 元